新潮文庫

古都再見

葉室麟著

新潮社版
11217

古都再見　目次

古都再見

薪能《たきぎのう》

夏祭りの季節だが、六月に京都、平安神宮での薪能を見た。
火入れ式が行われて篝火《かがりび》が焚《た》かれ、ライトアップされた朱塗りの社殿が夕闇《ゆうやみ》に浮かび上がる。観世《かんぜ》、金剛《こんごう》、大蔵《おおくら》各流派による能、狂言が演じられた。「龍田《たつた》」、「羽衣《はごろも》」、「夷毘沙門《えびすびしゃもん》」と続いて、最後は、
――小鍛冶《こかじ》
だった。一条院の命により御剣《みつるぎ》を打つことになった三条の小鍛冶宗近《むねちか》が剣を打つための良い相槌《あいづち》がいないと悩んでいると、稲荷《いなり》明神の化身である、背中までを覆《おお》う長い髪の童子が現れて励ます。さらに宗近が剣を打とうとすると稲荷明神が赤い髪の上に狐《きつね》の作り物をのせた姿で現れ、ともに剣を打ち上げるという能だ。薪能には独特の雰囲気がある。夜空の下、絢爛《けんらん》豪華な能装束が篝火の明かりでほのかに赤く染まり、本当に神が降りてきたかと思わせる。

能が終わり、鴨川《かもがわ》に向かって歩きながら、酒が飲める店を探して暗い夜道をたどった。

ようやく小さな店を見つけ、酒を注文して飲み始めたとき、ふと、思い出したのは、小説家として先輩の山本兼一《やまもとけんいち》さんのことだ。

山本さんとはある座談会でご一緒したことがある。打ち上げの会食をしたとき、隣の席だった山本さんは温顔で杯を傾けていた。

「小鍛冶」を見て思い出したのは、『いっしん虎徹《こてつ》』、『おれは清麿《きよまろ》』など刀工を主人公にした作品が山本さんにあるからだろう。刀を鍛え上げる刀工の火が噴き出るような気魄《きはく》は山本作品ならではのものだった。

そんな山本さんは二〇一四年二月に逝《い》かれた。

山本さんは京都生まれで、京都に住んでおられた。薪能を見て山本さんを思い出したのは、そのためでもあったのか。

『利休にたずねよ』で山本さんが直木賞を受賞されたとき、同じ時代小説家として北《きた》重人《しげと》さんとわたしも候補だった。三人とも五十歳過ぎの遅咲きの作家だった。だが、北さんは直木賞候補の年に急逝《きゅうせい》され、山本さんも亡《な》くなった。おふたりが道半ばにして倒れ、ひとり残された。そんなことがしきりに思われた。店を出ると歩道が濡《ぬ》れていた。いつの間にか雨が降ったらしい。
真っ暗な空を見上げたとき、ふと、京を逃れて一騎駆けをした武将がいたことを思い出した。源平争乱の時代を切り裂く稲妻のように生きた木曾《きそ》義仲《よしなか》だ。倶利伽羅《くりから》峠で平家勢を打ち破り、破竹の勢いで京に上った義仲は、やがて衰運を迎える。『平家物語』では、家来の今井四郎が義仲を落ち延びさせる。
——木曾殿は唯《ただ》一騎、粟津《あわづ》の松原へ駆け給《たま》ふ
だが、鎌倉勢が追いすがり、ひょうと放った矢が義仲の内甲《うちかぶと》を射抜く、義仲は馬上でつっぷしたところを討たれるのだ。
義仲のどこに魅《ひ》かれるかと言えば、誰しもが最後はひとりだ、という感慨ではないか。
平家を退けて一躍、覇者となった義仲を待ち受けていたのは都人のひややかな視線だった。俳人の松尾芭蕉《まつおばしょう》は義仲を好んだ。芭蕉もまた、世間の酷《むご》さを知るがゆえ、義仲に同情を寄せたのではないか。芭蕉の句に、
義仲の寝覚めの山か月かなし

がある。木曾路の山を詠《よ》んだ句だと言われるが、義仲自身が悲しく眺めたのは京の月だろう。酔って歩きながら義仲の最後を思い浮かべた。唯一騎となった義仲は薄氷の張った深田へ馬を乗りいれてしまう。

——馬を颯《さつ》と打入れたれば、馬のかしらも見えざりけり。あふれどもあふれども、打てども打てども働かず
どんなにあおり、鞭《むち》打っても馬はあがくばかりで動けない。義仲の胸に絶望が湧《わ》いただろう。

「あふれどもあふれども——」

わたしはつぶやきながら夜の京を彷徨《さまよ》った。

◇

人生の幕が下りる。

近頃、そんなことをよく思う。何もあわててあの世に行こうというのではないが、還暦を過ぎてから、何かゆっくりと頭上から下りてくる気配を感じるのだ。

今年（二〇一五）二月から京都で暮らしている。

これまで生きてきて、見るべきものを見ただろうか、という思いに駆られたからだ。何度か取材で訪れた京都だが、もう一度、じっくり見たくなった。古都の闇には生きる縁《えにし》となる感銘がひそんでいる気がする。

幕が下りるその前に見ておくべきものは、やはり見たいのだ。

ゾシマ長老と法然《ほうねん》

京都は古くからの喫茶店が多い。

先日、テレビ番組制作プロダクションのTさんと打合せのため、三条河原町《かわらまち》の喫茶店に入った。Tさんは六十代後半で五十年前、学生のころ、この喫茶店に来たことがある、と話したが、お目当てはテーブルに置かれた灰皿だとすぐにわかった。

愛煙家のTさんにとって、灰皿が置かれ、自由に煙草《たばこ》が吸える喫茶店はオアシスのようなものらしい。

わたしは禁煙してひさしく、いまさら嫌煙家の目をかいくぐってまで吸おうとは思わないが、店内でオジサンたちがひとりずつテーブルを前に壁に背をもたせかけるようにして煙草をくゆらせている光景を見ていると、ひどく懐《なつ》かしい気がした。

同時に数日前に買った文庫の『カラマーゾフの兄弟』(ドストエフスキー、原卓也訳)をこの店で読みたくなった。ドストエフスキーの文庫は昭和の匂《にお》いが漂う喫茶店で読むのが一番、似つかわしい。

もちろん、再読ではあるのだけど、なぜ『カラマーゾフ――』を読むのかと言えば、この小説のある場面がふと気になったからだ。

信者たちから崇拝されているゾシマ長老が亡くなったとき、本来、聖者であるならば、あるまじき腐臭が漂い出してひとびとをあわてさせるというところだ。

死にまつわる醜聞というほどではないが、最近、梅原猛《うめはらたけし》の『法然の哀《かな》しみ』を読んでいて死を前にした法然が老耄《ろうもう》していたようだ、と書かれていたことから、何となくゾシマ長老の腐臭を思い出したのだ。

法然の高弟である源智《げんち》は、「およそこの二、三年、耳おぼろに心は蒙昧《もうまい》」と死期が迫った法然について書き残している。

法然の晩年は過酷だったから無理もない。「南無阿弥陀仏《なむあみだぶつ》」と念仏を唱えるだけで、凡夫や悪人も成仏《じょうぶつ》できると説いて、それまで貴族や有徳者（金持ち）のものであった仏教を一気に民衆のものにひっくり返した法然は、いわば宗教界の革命児だった。

当然、旧仏教側の反発は激しく、建永二年（一二〇七）、七十五歳の法然は四国の土佐へ流罪《るざい》になった。

京に帰ったのは四年後の建暦元年（一二一一）十一月のことだ。入洛《にゅうらく》後、わずか二カ月余りの翌年一月二十五日に亡くなった。

このころ法然は「わたしは昔、天竺《てんじく》（インド）にいた」と言ったり、極楽往生できるかと問われて「わたしはもと極楽にいたから当然だ」と答えるなど、異様な言葉を口走っている。さらに弟子たちに囲まれていた時、「観音菩薩《かんのんぼさつ》と勢至《せいし》菩薩がいらっしゃった。拝みなさい」と言って何も見えない弟子たちをうろたえさせた。だが、こんなことも法然を勢至菩薩の生まれ変わりだと信じる弟子たちにとっては、神秘的に思えた。

弟子たちは法然が亡くなれば阿弥陀仏が迎えに来るのではないかと期待し、固唾《かたず》を呑《の》む思いでいた。法然の死後、十六の奇瑞《きずい》が伝えられたが実際には何も起こらなかったのかもしれない。慈円は『愚管抄《ぐかんしょう》』の中で、ひややかに、

――ソレモ往生〳〵ト云《いい》ナシテ人アツマリケレド、サルタシカナルコトモナシ
と記している。死期が近づくにつれ、ひとびとが何かを期待し、待ち望むという事態には死の清浄さが、生の生臭さによって貶《おとし》められていくというやりきれなさがある。

いや、それよりも法然ほどの智者《ちしゃ》でも晩年にはぼけるのか、という哀しさの方が、すでに還暦を超えたわが身に引き比べて大きいのかもしれない。

ところで、そもそも、なぜ法然にまつわる本を読んでいるのか、と言えば京都で仕

事場を持った理由のひとつがいずれ法然を書くためだからだ。しかし、法然について知ろうとしながら却《かえ》って老いることへの恐怖に目がいってしまうのは、凡夫《ぼんぷ》ゆえだろう。

専修《せんじゅ》念仏によって救われるには親鸞《しんらん》のように、

――たとい法然聖人にすかされまいらせて、念仏して地獄に堕《お》ちたりとも、さらに後悔すべからず候《そうろう》
と思わねばならないのだろうが、さて、どうなる。

ところで、『カラマーゾフ――』は物欲の権化《ごんげ》のような父フョードル・カラマーゾフが殺されたことから息子のドミートリイ、イワン、アリョーシャ三兄弟の魂の彷徨《ほうこう》が始まる物語だ。

法然も十五歳の時に仏門に入り、比叡山《ひえいざん》に登った後、父親で押領使《おうりょうし》を務める地方官人漆間時国《うるまときくに》が、何者かの夜討ちにあって死ぬ。

父の死が生涯に重くのしかかったことが共通するのではないかという感慨を持ったが、無論、何の意味もないことだ。

尾崎放哉《おざきほうさい》が見た京の空

「歩くまち・京都」なのだそうで、京都に来てから、よく歩く。

歩きながら耳にするのは、はんなりとした京言葉ではなく、傍若無人な感じの外国語だ。時には大声で冗談を言い、笑い合う。

そんな外国人観光客のそばを通り抜けるとき、何となく索漠《さくばく》とした思いがする。

外国語を解さないゆえでもあるが、ひとつには、古都の風景を獰猛《どうもう》に味わい尽くそうとする視線に辟易《へきえき》するからだ。

もう少しゆるやかに歩けないものなのか。

考えてみれば、京の雅《みやび》といっても、所詮《しょせん》は草食民族の奥ゆかしさに過ぎないのかもしれない。

だからこそ京は繊細な魂が吹き寄せられる街でもある。そんなことを考えると思い出すひとりの人物がいる。

漂泊の俳人尾崎放哉が京都にいたのは、大正十二年十一月から十三年六月までのおよそ半年だ。

自由律、放浪の俳人として種田《たねだ》山頭火《さんとうか》と並び立つ放哉は鳥取市出身で本名、尾崎秀雄。父は地方裁判所の書記という真面目《まじめ》な雰囲気の家庭に育った。

子どもの頃から俳句や短歌が好きで一高に入学すると俳人の荻原井泉水《おぎわらせいせんすい》に師事した。東京帝国大学法学部に入学してからも俳句を続け放哉と号したが、このころから飲酒を覚え、泥酔《でいすい》することもしばしばだった。

東京帝大を卒業後、生命保険会社に就職し、結婚もしたが、仕事のストレスで酒席での失態が続き、降格されるなどしていたたまれなくなり、勤続十年で退職した。

さらに別の会社に就職、朝鮮に渡ったが、禁酒の約束を破り再び失業。その後再起を期して満州に赴くが、肋膜炎《ろくまくえん》を患《わずら》って入院し、帰国することになった。このときから漂泊の人生を歩むことになった。

行き場を失い、無一物となった放哉は京都、東山《ひがしやま》の修行場、一燈園《いっとうえん》に入った。無一物となって労働奉仕と読経《どきょう》の厳しい日々を過ごす。京都は放哉にとって孤独の影とともに歩いた街だ。

つくづく淋しい我が影よ動かして見る
放哉は翌年春から、知恩院塔頭《たっちゅう》の常称院に入って寺男になる。しかし、ここもまた泥酔によって追い出される。東京帝大卒エリートのなれの果てに残されたものは俳句だけだった。

障子しめきつて
淋しさをみたす

人生のマイナスを極めていくかのような放哉の生き方がひとの共感を呼ぶのはなぜだろう。

誰しも必死になって自らの地位に留まりたいと思っているとは限らない。それでは生活の奴隷《どれい》ではないか。社会からこぼれ落ちた時、ひとは自らが人生の主人公であることを知る。

その証拠にすべてを失ってからの放哉の句には冴《さ》えがある。

放哉の願いは、ひとりになることだけではなかったか。

咳《せき》をしても一人

ひとりであることの清潔感は簡単に得られるものではない。寺男をしくじった放哉はその後、須磨寺《すまでら》の大師堂、若狭《わかさ》の常高寺を転々とするが再び、吹き寄せられるように京都に舞い戻る。

この時期、母を亡くし、妻と別居し、京都の今熊野剣宮《いまぐまのつるぎのみや》に寄寓《きぐう》していた荻原井泉水のもとに身を寄せた。そして、このころから体の不調を訴えるようになり、

「海が見える場所で死にたい」

と願い、井泉水の世話で瀬戸内海の小豆島《しょうどしま》西光寺の奥の院、南郷《みなんご》庵の堂守《どうもり》となった。

しかし、間もなく肺結核を発病。

小豆島に渡って八カ月後、隣家の年老いた女性ただひとりに看取《みと》られて世を去った。享年《きょうねん》四十一。辞世の句は、

春の山のうしろから
烟《けむり》が出だした

である。自らが焼かれ、天へ昇る煙であったか。

放哉の一生を虚《むな》しいと思うのは正しくないだろう。

突き詰めてみれば、誰しもが放哉とさほどに変わらない人生を送っているのではないのか。

あふれるほど両手に抱え、背骨がきしむほどに負った荷物の重さを、生きる充実だと思い込んでいるだけかもしれない。

放哉の死後、南郷庵には、

いれものがない
両手でうける

という句碑が建てられた。ともあれ、いま、わたしは京都で放哉が見たのと同じ空を眺めている。

比叡山

京都に来てから比叡山には何度か上った。いずれも車だ。その都度、悪天候だった。雪が積もり、雨が降った。峰々が雪で覆われ、降りしきる粉雪で見通しが利《き》かなかった。

比叡山は昔から、

——論湿寒貧《ろんしつかんぴん》
だという。比叡山での修行風景を言い表した言葉で、仏法を論じ、夏の湿気と冬の厳寒に耐え、清貧であるという意味だ。

それだけに、峻厳《しゅんげん》という言葉が思い浮かぶ。根本中堂《こんぽんちゅうどう》に参ると、身が引き締まり、精神すら清らかになった思いがする。

伝教《でんぎょう》大師、最澄《さいちょう》は唐から天台宗を持ち帰り、比叡山を学生《がくしょう》の修行の場として、

——十二年間は山を降りず、止観《しかん》（顕教）と遮那《しゃな》（密教）の両部門を修学せよ

と定めた。厳しい環境はそのためなのだろう。しかし、後世、僧侶《そうりょ》が栄達を求め、求道《ぐどう》の気風が廃《すた》れかけた時期もあった。

元亀二年（一五七一）九月に織田信長《おだのぶなが》が、いわゆる〈叡山焼き討ち〉を行い、高僧、貴僧、有智の僧から山上にいるはずのない美女、小童まで数千人を殺し、堂塔を一宇も残さず焼き、経巻もことごとく灰にした。

だが、最澄にとって信長は後世のひとで、生きている間に最澄を脅《おびや》かす存在となったのは真言宗を伝え、高野山に金剛峯寺《こんごうぶじ》を開いた弘法《こうぼう》大師、空海だ。

そんなわけで、この夏は高野山に行き、宿坊に一泊した。司馬遼太郎《しばりょうたろう》さんの『空海の風景』を読んでいると、

「最澄は気の毒だな」

という気分になる。同時に、

「空海はしたたかだ」

と思う。これは司馬さんがそう描いているからだが、史実でもあるのではないか。

最澄は天台宗とともに、密教をもたらしたが、唐の都、長安で学んだものではなく、言わば田舎での傍流のものだった。

このため最澄が帰国した翌年、長安で本格的な密教を学んだ空海が戻ってくると、

密教伝道者の地位を奪われた。最澄は辞を低くして空海に教えを乞《こ》うた。しかし、やがて空海との関係は決裂し、さらに奈良の旧仏教から攻撃され、論争に追われた。

最澄に比べて空海は高野山に籠《こも》り、悠々と独特の仏教世界を築いていった。誠実、勤勉であったと思える最澄の方にどことなく不遇の気配を感じてしまう。

高野山奥の院、一の橋近くに司馬さんの文学碑が建っている。

司馬さんは昭和十八年、学徒出陣する前に奈良の吉野から和歌山にかけて旅したおりに夜道で迷い、気がつくと高野山にたどり着いていたという経験をしたらしい。その際に何事かを感じ、後に空海について書くことになったのだろう。碑には、

——高野山は日本国のさまざまな都鄙《とひ》のなかで、唯一《ゆいいつ》ともいえる異域ではないか
という司馬さんの文章が刻まれている。実際、山上の異様なほどに広く平坦《へいたん》な一帯に建てられた門をくぐり、伽藍《がらん》をめぐって、運慶の〈八大童子像〉、快慶の〈四天王立像〉などを見ていると、

「ここは、異世界だな」

という思いが強くなる。真言密教で言う、

——即身成仏
は高野山に上るだけでも成就できるのではないかと錯覚しそうになる。

こうしてみると、最澄は比叡山において、修行ができる〈環境〉を作り、空海は即身成仏にいたる〈空間〉を高野山に作ったのではないか、と思える。

宿坊での一泊は、精進料理に明け暮れ、酒も飲まなかった。朝、起きて小堀遠州《こぼりえんしゅう》が作ったという庭を眺めていると、時を忘れる。酒を飲まずとも、何かに酔い、さらに醒《さ》めた、というべきか。

高野山を下りて、大阪に出てから阪急電車で京都へ戻った。

河原町駅で降りると、ちょうど祇園祭《ぎおんまつり》の終盤のクライマックス、還幸祭の行列が四条大橋に向かっていた。

御神体を奉じて四条御旅所《おたびしょ》に渡御《とぎょ》していた神輿《みこし》三基が、四条御旅所を出発して氏子町内の所定のコースを巡行し、八坂《やさか》神社に帰るのだ。見物客にまじって眺めていると氏子が提灯を持って先導し、白馬に乗った稚児さん、三基の御神輿が宵闇《よいやみ》の中を進んでいく。

稚児さんと白馬が灯りに浮かび上がる様は美しく、ため息が出る。

行列が四条大橋を渡っていく。橋は現世とあの世の間にかけられるという。夢幻を見るかのようだった。呆然《ぼうぜん》としながら、わたしも四条大橋を渡っていった。

たまきはる

仕事で東京に出かけ、新幹線で京都駅に戻って八条口から出るたびに、

「八条院の御所があったところだ」

と思う。もっとも京都駅の一帯が、八条院暲子《しょうし》内親王の御所跡だから、八条口に限ったことではない。八条院に興味を持ってひさしい。十年前、デビューしたばかりのころ、編集者と会食するたびに、八条院の話をして、

「いつか書きたい」

と言ってきた。八条院暲子内親王の父は鳥羽上皇である。異母兄は後白河法皇だと言ったほうがわかりやすいだろう。

暲子内親王については女房として仕えた健御前《けんごぜん》が書いた日記である『たまきはる』に詳しい。健御前は誠実、生真面目な性格だったと思われるが、ただひとつ意外なエピソードがある。

主人である暲子内親王と後白河法皇の話を盗み聞きしたのだ。しかも、その内容は次の天皇を誰にするかという国家的なトップシークレットだ。

源平争乱の時代だった。都落ちした平家が安徳天皇を連れ去ったため、新しい天皇を即位させようと目論《もくろ》んだ後白河法皇が暲子内親王を訪ねて、

「どうしたものか」

とひそひそ相談している。傍らに控えた健御前は当然、退出しなければいけないのだが、留まっていた。

この様子に気づいた老尼《ろうに》が手招きして下がらせようとするが、健御前は知らぬ顔をしている。やがて、ふたりの話が、

――高倉《たかくら》の院の四宮《しのみや》（後鳥羽天皇）

に落ち着くと、ようやく健御前は老尼の手招きに気づいたふりをしてその場から去った。

健御前はなぜここまで、誰が天皇になるかに関心を持ったのか。

鳥羽上皇は暲子内親王を愛し、できれば女帝にと望んだ気配がある。即位こそ実現しなかったが、鳥羽上皇は出家に際し、暲子内親王に莫大《ばくだい》な所領を与えた。その後の寄進などにより、八条院領の荘園《しょうえん》は全国二百数十カ所に及んだ。

暲子内親王はこの財力を背景に独自の政治力を持っていたのだ。

後白河法皇は源頼朝《みなもとのよりとも》から、

——日本一の大天狗《てんぐ》
と誹《そし》られる権謀術数の政治家だった。しかし、若いころから今様《いまよう》を愛好し、季節を問わず、昼は歌い暮らし、夜も歌い明かしたため、声が嗄《か》れ、喉《のど》が腫《は》れて湯や水を飲むのもつらいほどだったという遊蕩《ゆうとう》のひとでもあった。

このため、朝廷での評判も芳《かんば》しくなかった。

——文にあらず、武にもあらず、能もなく、芸もなし
と同母兄の崇徳《すとく》上皇に誹られたほどだ。それでも、後白河法皇が政治に力を振るうことができたのは、異母妹の暲子内親王の経済力があったからではないか。

言うなれば愚兄賢妹《ぐけいけんまい》、渥美清が演じるフーテンの寅《とら》さんと妹のさくらだ。

暲子内親王は後白河法皇の皇子である以仁王《もちひとおう》を猶子《ゆうし》として庇護《ひご》してきた。この以仁王が、平家追討の口火を切る。そして以仁王の決起を助けて討ち死にする源頼政《よりまさ》の息子仲家と、以仁王の令旨《りょうじ》を諸国に持ちまわった新宮十郎行家はともに八条院の蔵人《くろうど》だった。

行家が平家の目を逃れて伊豆の源頼朝や木曾の源義仲に令旨を届けることができた

のは、全国に広がる八条院領の荘園伝いに行ったからだろう。さらに平清盛《たいらのきよもり》の異母弟で後に源氏に許されて命を永らえる平頼盛《よりもり》もまた八条院周辺の人物だ。すなわち、八条院暲子内親王は、後白河法皇の陰にあって、平家打倒を演出したフィクサーだったかもしれない。

だとすれば健御前が天皇即位について聞き耳を立てていたのは、八条院の女房として当然の心得だった。ところで『たまきはる』の巻頭には健御前の和歌、

たまきはる命をあだに
聞きしかど君恋ひわぶる
年は経にけり

が記されている。たまきはるは命の枕詞《まくらことば》で、魂が極まる、という意味だろうか。
健御前は歌人として知られる藤原俊成《ふじわらのとしなり》の娘だ。弟は歌聖とも言うべき藤原定家《さだいえ》である。
定家は源平の争いに関わることを潔《いさぎよ》しとせず、十八歳の時、
紅旗征戎《こうきせいじゅうわ》吾ガ事ニ非《あら》ズ

と言い放った。姉とは違う生き方をしたのだろう。そのことを思い出しつつ、地下鉄の駅に向かった。かつての八条院御所の地下に潜るのだ。怨念《おんねん》渦巻く政争には関わりたくない。紅旗征戎吾ガ事ニ非ズ、と護符代わりにつぶやいた。

大徳寺《だいとくじ》

お茶は苦手だ。

長く正座をすることができないし、作法も覚えていない。茶道の本などは読むのだが、運動神経が悪く、パフォーマンスが得手ではないので、体が思うように動かない。右と思ったときには、左へ手が動いている。自分が何をしているのかがよくわからない。

だから、お茶の席などは遠慮してきたのだが、近頃は茶人を主人公にした小説を書くようになってきたので、そうも言ってはいられない。

編集者の紹介で茶会に招かれたとき、ごくたまに出かける。

わたしは普段の恰好《かっこう》で手ぶらで行くのだが、心得のある編集者は扇子や懐紙を持参し、白い靴下まで用意している。失態を演じた気になって座りながら動揺で手のひらに汗をかく。それでも鈍重な牛のように座り続ける。

点《た》てていただいたお茶だけは、美味《おい》しくいただく。

その後はじっと黙って息を詰め、呆然としてあらぬ方を見つめる。突然、雷でも鳴れば気を失うのではないか。

ともあれ、せっかく京にいるのだから、と北区紫野大徳寺町の大徳寺に出かけた。

大徳寺派の大本山。開山は宗峰妙超《しゅうほうみょうちょう》（大灯国師）である。

京都では大徳寺が茶道と関わりが深いことから「大徳寺の茶面《ちゃづら》」と呼ぶ。「妙心寺の算盤面《そろばんづら》」や「東福寺の伽藍面」、「建仁寺の学問面」などとともに寺の特徴を表しているのだ。

「茶面」の大徳寺は三門に千利休《せんのりきゅう》の木像を置いて、豊臣秀吉《とよとみひでよし》の怒りを買ったことでも知られる。また、小堀遠州作の茶室、孤篷庵《こほうあん》の忘筌《ぼうせん》がある。忘筌とは荘子《そうし》の、

――魚ヲ得テ筌ヲ忘ル
からとったらしい。「筌」は漁の道具で目的を達すれば道具を忘れるという意味か。

十二畳の書院形式の茶室で、西に広縁を設け、吊《つ》り障子を開けて庭を眺める。庭を琵琶湖《びわこ》に見立て、茶室を千石船《せんごくぶね》、窓を船窓になぞらえていると何かの本に書いてあった。座って見つめていると、茶室とは「見る」ことの芸術なのだな、と思える。

床《とこ》の軸を眺め、活花《いけばな》に目を遣《や》り、さらには茶碗《ちゃわん》を鑑賞し、何より茶を点てる亭主の

作法の美しい流れを見つめるのだ。

茶室の窓から注ぐ光や隅にたまる陰翳《いんえい》までが細かく計算され、「見る」ことによって別な世界へと誘われる。

さらに言えば、「見る」ことを極めれば、目前のものにとらわれず、——観じる
ようになる。すなわち、世界をおのれの心に映し出すのだ。只管打坐《しかんたざ》して観ずるならば、すでに禅の境地かもしれない。

ところでお茶に関わる話を書くようになったのは、千利休始め、山上宗二《やまのうえそうじ》、古田織部《ふるたおりべ》など名だたる茶人が非業の死を遂げたのはなぜだろうか、という疑問を抱いたからだ。

利休と宗二はいずれも秀吉の逆鱗《げきりん》にふれた。利休は切腹、宗二は鼻と耳をそぎ落とされたうえで斬首《ざんしゅ》である。

織部は大坂の陣に際して徳川家康《とくがわいえやす》から謀反《むほん》の疑いをかけられ、「いまさらいいわけするのはみぐるしい」と一切弁解せず腹を切った。

さらに幕末、茶道に堪能《たんのう》だった幕府の大老井伊直弼《いいなおすけ》、号して宗観《そうかん》は、大雪の朝、江戸城桜田門外で尊攘《そんじょう》派浪士に襲われて首をとられた。無惨《むざん》で思いがけない死は何も茶

人に限ったことではないだろうが、一杯の茶に心の平穏を求める茶人が修羅の最期《さいご》を遂げるのが不思議に思えた。だが、少し考えてみて、判然とするところがあった。

だからこそ、茶なのではないか。

戦国時代、茶を喜んだ戦国武将たちは、いずれも死線をくぐり抜けて生き延びた。

ということは、多くの敵を殺し、死に追い詰め、無明の闇をさまよったあげくに茶の湯にたどりついたのだ。

一期《いちご》一会《いちえ》というが、血潮を浴びて生き抜いた男たちにとって、茶は常に末期《まつご》の水に等しいだろう。

飲み干した茶がゆっくりと喉を伝うとき、俺はまだ生きている、と思うのではあるまいか。

わたしも昔、苦しかったことがある。そのとき、知人に誘われて野点《のだて》の煎茶《せんちゃ》を飲んだ。

茶の味は覚えていない。

ただ、傍らに咲く白いモクレンの花が澄み切った青空に映えて美しかったことを覚えているだけだ。

あのとき、茶を喫し、モクレンのそばに座る自分の姿が天から見えたように思う。

あの光景の記憶が、
——観
だったとでもいうのだろうか。無論、そんなことはあるまい。
ただ、茶を飲んだだけである。

浮舟《うきふね》

白雨《はくう》というのだろうか。

宇治《うじ》の平等院鳳凰堂《ほうおうどう》を訪れた日は、空に薄雲が白くかかり、空は明るいのに細い雨が降ってきた。車で行く途中、滔々《とうとう》と流れる宇治川を見た。思いがけないほど流れが急だ。

宇治は、平安時代には山水の景勝として貴族の別荘地だった。

長徳四年（九九八）、左大臣源重信の別荘である宇治殿（宇治院）を藤原道長《ふじわらのみちなが》が買いとった。道長が没すると、道長の子、関白頼通《よりみち》は宇治殿を仏寺とし、平等院と号した。

鳳凰堂は、江戸時代以前は阿弥陀堂と称したという。中堂の左右に翼廊《よくろう》、後方に尾《び》廊《ろう》がある。鳳凰が羽を広げた形だ。前庭には池を配し、あたかも浄土曼荼羅《まんだら》の宝楼閣を見るようだ。

透明なビニール傘をさして雨を避けながら観覧の順番を待ち、鳳凰堂に入ると係りの女性が説明をしてくれた。

本殿には仏師定朝《じょうちょう》の作である寄せ木造り、金箔《きんぱく》の阿弥陀仏が、蓮華台《れんげだい》の上に鎮座している。

周囲の板壁や扉には、『観無量寿経《かんむりょうじゅきょう》』の教えに基づき、阿弥陀仏が死の淵《ふち》にある人間を、生前の善根や悪業によって峻別《しゅんべつ》し、九つの迎え方で浄土へ導く往生の様を表した九品来迎図《くほんらいごうず》が余すところなく描かれている。

あの世に行くのにも九つの階層があるのか、とがっかりするまでもない。

左右の壁に二十六体ずつ合計五十二体飾られた雲中供養菩薩《うんちゅうくようぼさつ》は、様々な楽器を手にして天上の音楽を奏《かな》でるなどしている。

死に際しては天女の舞と音楽がもたらされると告げるかのようだ。

浄土への旅立ちは穢土《えど》を離れるためのはなやかな盛儀なのかとも思える。

このような往生の思想は、源信《げんしん》の『往生要集《おうじょうようしゅう》』の影響を受けているに違いない。

源信は、同書を延暦寺《えんりゃくじ》で永観二年（九八四）十一月に書き始めた。四十三歳のときである。翌年四月には擱筆《かくひつ》した。

この間、師である良源《りょうげん》が死の床に臥《ふ》しており、源信は何としても師のいのちが尽きる前に書きあげたかったのだろう。

願い虚しく、良源は源信が筆を起こして間もない翌年正月三日に逝去した。

源信が師に伝えたかったことは何か。

『往生要集』の冒頭では八大地獄が描かれている。そのひとつ叫喚地獄では、罪を背負った者は火あぶりにされ、鉄釜《てつがま》で煮られ、煮えたぎる銅を口から注がれる。

無惨、酷烈な地獄絵図はひとびとを恐れさせた。だが、源信は、このような地獄に行かず、極楽浄土へ行く方法はある、と説くのだ。

どんなやり方なのか。余命いくばくもない者は「無常院」という特別な建物で阿弥陀像の背後に寝かされる。阿弥陀像の手から引かれた五色の幡《はた》を握り、浄土への旅立ちを夢想する。

臨終ともなれば、まわりの者は念仏を唱え、献花、焼香して本人の成仏を支えるという。

源信に帰依《きえ》した道長は、『往生要集』で描かれた極楽浄土をこの世に具現しようと無量寿院（法成寺）を建立《こんりゅう》し、その阿弥陀堂において、往生を遂げた。また、頼通は、平等院鳳凰堂の建立により、極楽浄土をこの目で見たいという貴族たちの願いをかなえようとした。

源信は死にこだわり、往生について考え抜いたが、それでも、自らの死の直前には、自分の顔に悪相が出ていないか、と弟子に確かめたという。最期まで不安に怯《おび》えるところがあったのかもしれない。

やはり死は恐ろしくはある。

ところで、『源氏物語』の宇治十帖《じゅうじょう》に登場する「横川《よかわ》の僧都《そうず》」のモデルが源信だというのは、本当なのだろうか。

源信は六十三歳の時、道長から、

――権少《ごんのしょう》僧都
に任じられた。翌年、源信はこの名跡を固辞し、横川に隠棲《いんせい》したという。たしかに「横川の僧都」そのものだ。

宇治十帖では光源氏の息子とされながら、実は不義の子である薫君《かおるぎみ》が宇治に隠れ住む姫君に恋をし、かなわぬまま相手が亡《な》くなると、姫君とよく似た浮舟に恋慕する。だが、薫君のライバルである匂宮《におうのみや》も浮舟に迫るという物語である。

薫君と匂宮というふたりの貴公子の間で揺れ動き、ついには宇治川で入水《じゅすい》自殺を図った浮舟を「横川の僧都」が助けて出家をさせる。

だが、死について考えを突き詰め、いかにひとびとを救うかと煩悶《はんもん》した源信は男女関係のもつれから、自ら死を選ぼうとした浮舟に不満を感じたのではないか。

死はそんな軽いものではない、と源信なら言いそうな気がする。

源信が本当に浮舟と出会ったならば、はたしてどうしたか。そのことは、もう少し考えてもいいようだと思いながら宇治を後にした。

雨は止《や》み、青空が広がっていた。

鞍馬《くらま》天狗《てんぐ》

鞍馬山に登ったのは何年前のことだろう。

与謝蕪村《よさぶそん》の取材で京に来たときだったと思うが、編集者が突然、神の啓示のように「鞍馬に行きましょう」と言い出した。特にさしたる理由はなかったと思うが、鞍馬と聞くと、登らねば、と思った。

――京の都に鞍馬の天狗が出るという
嵐寛寿郎《あらしかんじゅうろう》の映画「鞍馬天狗」の世代だからだ。そのときは宗十郎頭巾《そうじゅうろうずきん》をかぶり、着流しで白馬に乗り、時にピストルをぶっ放して新撰組《しんせんぐみ》と戦う勤王の志士が鞍馬天狗なのだと思っていた。

だが、その後、鞍馬天狗については、いろいろ知った。

もちろん、映画は大佛次郎《おさらぎじろう》の人気シリーズ『鞍馬天狗』が原作である。シリーズの初回「鬼面の老女」で現れる鞍馬天狗は覆面をした怪しげな人物であり、作中でも、

——鞍馬天狗と名乗る奇怪な人物は、はたして善か悪か？　などと書かれている。そんな人物が、なぜ正義のヒーローになるのかはルーツを探らねばわからない。

鞍馬山の鞍馬寺には魔王尊という秘仏が祀《まつ》られている。魔王尊は天狗の総帥《そうすい》なのだが、ほかの天狗が烏天狗《からすてんぐ》の姿なのに、魔王尊は背中に羽は生えているものの、僧衣に兜巾《ときん》の山伏《やまぶし》姿である。

秘仏だから、写真で見ただけなのだが、その顔かたちは何となく嵐寛寿郎扮《ふん》する鞍馬天狗に似ている。

この魔王尊が住む本拠地の近くに僧正《そうじょう》ガ谷《たに》があり、ここで源義経《よしつね》が魔王尊、つまり鞍馬天狗に剣術を習った。

この話が謡曲「鞍馬天狗」となり、幕末、闇《やみ》の中から現われるヒーローへと変わったのだ。

鞍馬寺は中国僧の鑑真《がんじん》の弟子の鑑禎《がんてい》が開いた。鑑禎はあるとき、鞍馬山に白馬の幻を見て、訪れた。山に入ると、鬼が襲ってきて、危うかったが、毘沙門天《びしゃもんてん》によって助けられたという。ということは鞍馬天狗が乗る白馬もこのあたりから来ているのかもしれない。

ところで、鞍馬山に登ると突然言い出した編集者は、鞍馬寺から歩いて下りましょう、と言った。

かなり急な山道である。無茶だと思いつつ、歩いて下りたが、坂道で勢いがつくと、ほとんど駆け下りる状態になった。

このまま転んで死ぬのかもしれない、短い生涯だったと覚悟した。

同時に、いま、自分は鞍馬の山を疾駆している、わたしもまた、鞍馬の天狗ではないか、と思った。

など数年前の鞍馬行を思い出しているのは、『大佛次郎の「大東亜戦争」』（小川和也、講談社現代新書）を読んでいて、なるほどと思ったからだ。

書名の通り、『鞍馬天狗』の著者大佛次郎の戦争協力の話が書いてある。

戦時中の有名作家による戦争協力の話はさほど驚かない。吉川英治《よしかわえいじ》しかりであり、火野葦平《ひのあしへい》は出征兵士として戦地で芥川《あくたがわ》賞をもらったのだから、戦争協力と言い出しても始まらない。

ただ、同書の中で大佛次郎の日記の一節、
レイテ湾に神風攻撃隊がまた出撃せし旨《むね》ラジオ云《い》う。鞍馬天狗現ると云う感じで嬉《うれ》しい。

（四四・一〇・三〇）

と記してあるのを読んで、胸の奥がチクリと痛んだ。

なぜ、痛んだのかはよくわからないが、鞍馬天狗のような正義の士もまた戦争に出ていくのだという感慨があった。

同書の中で、戦時中の小林秀雄ら鎌倉文士の会話で『高見順日記』にある一節が紹介されている。小林秀雄が大佛次郎にからんでいるのだ。

小林が大佛さんにいった。

「悲しみを捨てた方がいい」

名言だとおもった。大佛は、しかし抗弁した。悲しみなど持ってないと。

すると小林は、

「冗談いっちゃいけねえ、悲しみでいっぱいだ。こう」

咽喉《のど》までいっぱいだという工合に、咽喉に手を当てた。

（『高見順日記』四三・五・二）

小林には大佛が悲しげに見えたのだろう。では、その「悲しみ」が、わたしが感じた胸の痛みと同じなのだろうか。それは、わからない。時代が違うと言うべきかもしれない。

あるいは鞍馬天狗は永遠に謎《なぞ》のヒーローだということなのか。

ともあれ、白馬にまたがる鞍馬天狗もまた、戦争の時代を疾駆した。われわれは、その後ろ姿を見送ったのだが、近頃、また闇の中から馬蹄《ばてい》の響きを聞く気がする。幻聴なのだろうか。

ウオッカバーにて

京都で飲んでいて、最後にどこに行くかと言うと、先斗町《ぽんとちょう》のウオッカバーに足を向けることが多い。

長い白髪を首のあたりでまとめている小柄なマスターがひとりだけいる店だ。店に入ったときは、すでに酔っているからマスターがマイク眞木《まき》(「バラが咲いた」を歌っていたころではなく、現在のマイク眞木だ)に似ているように見える。

しかし、酔眼《すいがん》での話だから実際は誰に似ているのだろう。よくわからないが、店にはウオッカがずらりと並び、これはソ連時代のもの、これは唐辛子のウオッカなどと説明してくれるものの、頭には入らず、ショットグラスに注がれたウオッカをちびちびと飲む。

本当はグイとあおるように飲んで男同士で抱き合ったりするのがロシア式ではないか、と思うが、それは好みではないのでやらない。

などと思っていると昔、読んだ文芸評論家、桶谷秀昭《おけたにひであき》さんのエッセイを思い出した。明治の小説家、二葉亭四迷の筆名は「くたばってしめえ！」に由来するのは、よく知られているが、実は「くたばって」をロシア語表記すると、最初のKは子音になり、子音のKにTが続いた場合、日本語の「ふ」に近い音になるのだという。

二葉亭四迷は筆名を考えるにあたって、「くたばってしめえ」をまず、ロシア語表記したから「二葉亭」になったのだ、という指摘をしたのは司馬遼太郎さんだと述べてあった。司馬さんの説はいまでは定説になっているのだろうか。マスターは、さあ、としか答えない。

加藤登紀子のCDの曲が流れてくる。「百万本のバラの花がどうしたって」などと言うのは酔っている証拠だ。

そばにマトリョーシカがある。ロシアの人形で開けると中から次々に小さい人形が出てくる。有名人の顔が描かれていたりする。

ここのマトリョーシカはロシアの権力者だ。プーチンではなくエリツィンから始まっている。その次はゴルバチョフだ。それからブレジネフがいて、おお、フルシチョフ。次にスターリンか。やはり、レーニンが出てくる。

トロツキーがいないのは、当たり前か、そういうものなのか。続いて皇帝ニコライ二世、エカテリーナ女帝、ピョートル大帝か。待てよ、ニコライ二世は京都に来たことがあったな、それもよくない思い出として。

シベリア鉄道起工式に参列する途中、来日したロシアのニコライ皇太子（後の皇帝ニコライ二世）は京都に宿泊、琵琶湖遊覧のため滋賀県大津市に日帰りで出かけた。この際、警護中の巡査、津田《つだ》三蔵《さんぞう》がニコライ皇太子に斬《き》りつけ、重傷を負わせた。いわゆる大津事件が起きたのは明治二十四年（一八九一）五月十一日だ。

ニコライ皇太子は京都に戻って治療を受けた。国際問題になり、戦争にもなりかねない緊急事態に政府は仰天した。

北白川宮が天皇の名代として医師団を随《したが》えて京都に向った。さらには天皇自ら京都へ行幸し、伊藤博文や黒田清隆らの元勲も京都へ下った。天皇は京都の旅宿にニコライ皇太子を見舞い、神戸港に碇泊《ていはく》中のロシア軍艦にまで行幸した。ニコライ皇太子が、無事、帰国するまで上を下への大騒ぎになったのだが、それほど、当時のわが国はロシアを恐れていたのだ。

ところで事件の際、ニコライ皇太子たちを乗せていた人力車の車夫ふたりが津田三蔵を取り押さえた手柄で一躍、英雄あつかいされた。勲章をもらい、ロシアから年金も出て、人生が一変した。めでたし、めでたしかと思ったら、十三年後、日露戦争が起きるとロシアからの年金も届かなくなり、ふたりは「露探《ろたん》」(ロシアのスパイ)と言われ、英雄の座から一気に転落する。

ふたりの車夫のうち、ひとりはすでに博打《ばくち》で身を持ち崩していたが、大津事件が大きく人生を狂わせたことに変わりはない。

津田三蔵が犯行に及んだ動機はよくわからない。西南戦争で政府軍の兵士として従軍した三蔵はニコライ皇太子が来日する際、城山で死ななかった西郷隆盛が同行して帰ってくるという噂《うわさ》があったことで、褒賞《ほうしょう》が取り消されるのではないか、と逆上したなどというが、実際には違うのではないか。無期徒刑の判決を受けた三蔵は事件から四カ月後に獄中で病死する。

ところが、日露戦争が起きると、車夫たちの評判が下落したのとは反対に一部では三蔵を愛国の志士だと持ち上げた。つまるところ、戦争が近づくと実体とほど遠い、ヒーローや敵役《かたき》が作り上げられるという話なのだろう。

マスター、近頃、先斗町で津田三蔵に似た男を見た覚えはないか。うかうかしていられないぞ。頭を冷やさなければ。

冷たいウオッカをもらおうか。

首陽《しゅよう》の蕨《わらび》

早起きした朝は鴨川《かもがわ》の河川敷の道をジョギングする。といっても、明らかにわたしより年上の七十年配のひとがすたすたと散歩をしているのに追い抜かれるスピードだ。こちらは地面を蹴《け》って走り、滞空時間が長いから追い抜かれるのだ、と思っているが、そういうことはあるものなのだろうか。

鴨川沿いでは、昼間は何組ものカップルが座っている光景がよく見かけられる。カップル同士の間の距離はほぼ同じぐらいなので、この状態を鴨川名物の〈等間隔〉と呼ぶのだと聞いた。本当かどうかは知らない。

ただ、朝の鴨川にもカップルはいて、四条大橋の下で寝ていたりする。最初は事件か、と思ったが、どうやら明け方まで遊んで、そのまま鴨川に来て寝てしまうようだ。治安がいいということなのだろうが、大丈夫なのか、と不安にもなる。

同時に、京の千二百年の歴史を振り返れば、鴨川の河原を死骸《しがい》が埋め尽くしたこと

もあった、と不吉なことを思い出す。たとえば、長禄《ちょうろく》三年（一四五九）から寛正《かんしょう》二年（一四六一）にかけての、

——長禄・寛正の飢饉《ききん》
である。飢饉の始まりには異常なことが起きている。長禄三年の夏は空にふたつの太陽が出たり、太陽が急に赤銅色《しゃくどういろ》に変わったという異変があった。そして雨がほとんど降らなかったかと思うと九月になって雨が続き、鴨川は大洪水を起こした。この〈異常気象〉はさらに二年間続き、大飢饉をもたらした。飢饉に耐えかねたひとびとが救いを求めて続々、京に上った。この結果、京は飢餓と疫病《えきびょう》の地獄絵図となった。鴨川の河原には死体が山積した。

寛正二年一、二月の餓死者総数は八万二千人を越えたという。

この事態を憂《うれ》えた時宗《じしゅう》の僧、願阿弥《がんあみ》は八代将軍足利義政《あしかがよしまさ》に百貫文を出してもらい、六角堂南に小屋を建て、あわ粥《がゆ》や野菜汁を与えた。

施行《せぎょう》を受けた者は連日、八千人に及んだ。それだけに資金はたちまち底をついて施行はひと月続かず、願阿弥は死骸の埋葬を行うしかなくなった。

四条と五条の橋下に穴を掘り、数千人ずつ死体を埋め、そこに塚を築き、樹木を植えた。

もはや憐《あわ》れみの涙も出ない。絶望と虚《むな》しさで心がまっ黒になっただろう。

このとき、為政者は何をしていたか。足利義政は名木、名石を各地からとりよせ、一流の絵師や職人を集めて、ひたすら室町邸の改築に熱中していた。

願阿弥に百貫文を与えたほかは、京都五山の禅寺に命じて死者の冥福《めいふく》を祈らせたぐらいだった。

足利義政は東山文化の担《にな》い手として能の興行や絵画、陶器の収集という趣味の世界に耽溺《たんでき》した。あまりのことに後花園天皇は、義政を諫《いさ》める漢詩を作って贈った。

残民争いて採る首陽の蕨
処々炉を閉じ竹扉《ちくひ》を鎖《とざ》す
詩興の吟は酣《たけなわ》なり春二月
満城の紅緑誰《た》が為《ため》に肥ゆる

生き残った民は、争ってワラビを奪い合っている。

竈《かまど》はとざされ門扉も開くことがない。詩を口ずさむのが最も盛んになる春二月だが、京の花や青葉は、誰の為に咲き、茂っているのか。

「首陽」とは古代中国で周《しゅう》の武王《ぶおう》が殷《いん》の紂王《ちゅうおう》を討った際に、この武王のふるまいに抗議した伯夷《はくい》、叔斉《しゅくせい》という兄弟がこもった山である。ふたりが「周の粟《ぞく》を食《は》まず」として、ワラビだけを食べ、餓死したという故事にちなみ義政の悪政を諫めたのだ。

朝の光があふれた鴨川の道を走りながら思うのは、為政者の心の恐ろしさだ。後花園天皇の諫言《かんげん》も義政には届かなかった。

二十年後、応仁の乱が終わった時期、京は荒廃し、民は困窮していたが、義政は民から段銭《たんせん》を徴収して銀閣寺の建立に取りかかる。

幽玄、わび、さびなどの感覚を磨きあげた文化活動のパトロンであった義政の美意識は後世の日本人に大きな影響を与えた。

それなのに、この人間離れした無慈悲さはどういうことなのだろう。

東日本大震災の復興はいまだならず、福島の避難住民は故郷に帰ることができない。それでも東京オリンピックに血道をあげる為政者のことを思い出した。

餓死者の山をかたわらに趣味生活にふけった足利義政とどこが違うのだろう。

――満城の紅緑誰が為に肥ゆる
義政は少なくとも東山文化を残した。われわれは何を残すのか、などと思っているうちにわたしのジョギングコースの終点に着いた。Uターンしなければならない。東に向かう戻り道は朝日がまぶしい。

思わず目を伏せた。

長明《ちょうめい》のごとく

仕事場で机に向い、ぼんやりと窓から外を眺める。

東山《ひがしやま》が望めるのだが、さほどの感興が浮かばないのは、なんとなく世捨て人めいた心境になっているからだろうか。

別に隠居しているわけでも、世俗を離れて竹林に住んでいるわけでもないのだが、世を厭《いと》う心持はそこはかとなくある。

もっとも、わたしのはた迷惑で騒がしい酔態を知るひとは、そんな風には思わないだろうが、心の裡《うち》は別だ。

——ゆく河の流れは絶えずして、しかももとの水にあらず。よどみに浮ぶうたかたは、かつ消え、かつ結びて、久しくとどまりたるためしなし
『方丈記』が身につまされると思うようになったのは、近頃のことだ。

もちろん、作者の鴨《かもの》長明ほどに深い考えがあるわけではないが、年齢ゆえか、世の

中の端で生きている感覚はある。

鴨長明は賀茂《かも》御祖《みおや》神社の神職の子として生まれた。二十代から三十代初めにかけての十年間、大火、大風、飢饉、地震が続き、一方で福原遷都《せんと》、平家滅亡という『平家物語』の諸行無常の時代を生きた。

元暦《げんりやく》二年（一一八五）七月九日近畿地方で起きた大地震について、長明は、

――山は崩れて河を埋《うず》み、海は傾きて陸地をひたせり。土さけて水わきいで、巌《いわお》われて谷にまろびいる
と書き記している。あたかも東日本大震災を思わせるではないか。

大災害は無常観を育てるのだろうか。思えばいまも大地震や戦争にまつわる騒《ざわ》めきなど長明が生きた時代に似てきた。

世をはかなむ気になっても当たり前だと思う。

長明は歌人としての名こそ、そこそこにあったが、神職としては、ついに禰宜《ねぎ》になれず仕舞いだった。

出世競争で考えるならば敗残者だ。

出家して五十四歳で日野に、

――方丈（約三メートル四方）

の庵《いおり》を結んだ。

簡単な土台を造り、屋根を葺《ふ》いて板と板の間の継ぎ目には掛け金をかけるだけの粗末な家だ。

そんな庵に住んだのは、心配事や苦しいことが多い嫌な世の中を生きて、思い出すのは嬉しいことよりも悲しいこと、思わぬ災難にあったこと、失敗したことばかりで自分を情けないと思う人生を吹っ切りたかったからに違いない。

六十近くになり、余命いくばくもない身が新たな庵に住むのは、年老いた蚕《かいこ》が繭《まゆ》を作って籠《こも》るようなもので、はかなくはあるが、心楽しいと長明は書く。

さらに六十を過ぎた長明は山番の十歳の子と仲良くなり、友として手を取り、山歩きをする。鳥のさえずりや風の響きに心癒《いや》される。

清く澄んだ老境を楽しんでいるかに見えるが、自分自身に対して、なおも、

——汝《なんじ》姿は聖人《ひじり》にて、心は濁りに染《し》めり
と指弾する。表向きは聖人でも心はいまだ俗に染まって濁りが抜けない自分を知っている。

——今草庵を愛するも、閑寂《かんせき》に着《じゃく》するも、障《さわ》りなるべし
小さな住まいを愛し、静かな暮らしに執着することも悟りを開く妨げかもしれない、

と長明は言う。

あくまで真面目《まじめ》なのだ。定年退職してひとり暮らしをするようになった会社員が、たがを外すことなく、自分を省察するのに似ている。悲しいではないか。どうしても愚直に生きることから逃れられないのだ。

長明と同じように出家して歌人として生きた同時代のひとに西行がいる。西行は長明と違って、富裕であり、年齢も若く、心に愁《うれ》いもない、と世間で思われていたのに出家した。

しかも花と月に憧《あこが》れて詠じる和歌は京の公家《くげ》たちからもてはやされた。


願はくば花の下にて春死なむその二月《きさらぎ》の望月《もちづき》の頃

死への思いさえはなやかだ。西行に比べて長明は地味で沈んでいる。

そんな長明について作家の佐藤春夫は、

「長明は決して西行のようにえらい人ではなかったろうが、もっと可憐《かれん》にいじらしい理想家であった」(「鴨長明と西行法師」)

としている。さらに、

「彼は浄《きよ》く正しき心を持っていると信じたから、自分に欠けている明き心を探求してあえぎもがいたのであろう」(同)
とも述べている。
わたしもそう思う。
窓から眺める東山に秋の陽が射《さ》してわずかに輝いている。

地下鉄とミステリー

京都で地下鉄に乗っていたときのことだ。

若い女性が高齢のといっても、わたしとさほど変わらない年齢の女性（白髪ではあった）に席を譲った。女性は戸惑いも見せず、慣れ過ぎた感じでもなく、素直に座ったが、腰かけるなりバッグから文庫本を取り出して熱心に読み始めた。

それが『湖水に消える』だったから、少し驚いた。

作者はロバート・B・パーカーだ。レイモンド・チャンドラーもかくやとばかりのハードボイルド作家だ。

上品でおとなしそうな高齢の女性が席を譲られて、いたわられながら、いきなりハードボイルドミステリーを読むというのは、ユニークではなかろうか。

アガサ・クリスティーのミス・マープルみたいだ。そう思うと『女には向かない職業』（P・D・ジェイムズ）のような女探偵ものや女性作家のミステリーが頭に思い浮かんだ。

サラ・パレツキーのヴィクシリーズのヴィクトリア・ウォーショースキーが好きだ。タイトルがA、B、Cと続くスー・グラフトンのシリーズは『ロマンスのR』までは読んだのだが、後はどうなったのだろう。ちょっと謎だ。ミネット・ウォルターズの『女彫刻家』、サラ・ウォーターズの『荊《いばら》の城』は面白く読んだ。

だが女探偵の中で誰が好きかと言えば、やはり『女には向かない――』のコーデリア・グレイだ。

周知のごとく、コーデリアとはシェークスピア悲劇の主人公リア王の末娘。父王に理解されず、かえって怒りを買うが、じつは深く父親を愛しているという。

ところで拙作『冬姫』は織田信長の二女の物語で、キャラクターとしてはコーデリア・グレイを目指して書いて、博多の女絵師の物語『千鳥舞う』とともに、女性が探偵役を務めて謎を追う、女探偵ものでもある、と書評などで書かれるかと思ったのだが、全然、なかった。残念。

そのことはともかく、京都の地下鉄にミステリーはよく似合う。

ロバート・B・パーカーは何と言っても、探偵のスペンサーシリーズが有名だが、わたしにはちょっと男っぽ過ぎる。

『湖水――』の主人公は警察署長のジェッシイ・ストーン、元マイナーリーガーだがアルコール依存症となって妻と別れた孤独な男で、しかも別れたはずの妻とは微妙な距離感を保っている。自分の弱さを受け入れているとも言える。この人物設定の方がわたし好みかもしれない。

地下鉄で高齢の女性がロバート・B・パーカーを読む理由は、もちろん面白いからだろうが、それ以外の理由としては自分自身の身近な問題と関わりがあるからだ、という解釈も成り立つ。

まさか、殺人事件の被害者や加害者がそばにいるというわけではないだろうし、もし、本当にそうだったら、法律書かあるいは宗教書を読むのではなかろうか。

ところでハードボイルド小説は人生の困難に直面したひとに勇気を呼び起こさせるところがあると思う。

古典的な解釈なのだろうけれど、主人公はこれでもかと痛めつけられても唇から出た血をぬぐい、傷つけられた肩を押さえて立ち上がり、よろめきながらも前へ進む。

ひるがえって考えれば現実に毎日、ひとはどこかで殺され、傷を負わされている。直《じか》に暴力を振るわれなくともパワハラ、セクハラという心の暴力もある。

『湖水――』は未読なので、本の紹介にしたがって書くのだけれど、ある日の夕方、少女の死体が河畔に流れついた。何者かによって射殺され、湖に投げ込まれたらしい。

警察署長ジェッシイ・ストーンは死体の身元がハイスクールを中退したビリイという少女だと突き止める。ビリイは男性関係が派手で様々な男と寝たことから、

――売女《ばいた》
とまわりから呼ばれていた。

ジェッシイはビリイの家を訪ねるが母親は、「うちにそんな娘はいません……」と冷たい言葉を投げつけるだけだった。

つまり現代の日本でもありがちな事件だと言える。蔑《さげす》まれ、罵言《ばげん》を浴びせられる少女を理解しようとする、たとえば祖母がいたとしたら、どうだろう。

祖母が地下鉄の中でハードボイルド小説を読み、何事かを理解し、少女のために何かをしなければ、と決意したとしたら。

強い者が戦うのだけがハードボイルドだとは思わない。弱き者、力の無い者にも戦うことはできる。

地下鉄の中で文庫を読み終えた女性は立ち上がる。

毅然《きぜん》としていると見えたのは、わたしの錯覚だろうか。
ホームに降りて足早に改札口に向かう。
まだ間に合うはずだ。

漱石《そうせき》の失恋

京都の市中を鴨川に沿って流れる高瀬川のほとりに住んでいると編集者に言ってみたりするのだが、実際には「ほとり」というほどではなく、少し歩かなければならない。

それでも仕事場からさほど遠くないことは確かで、酒席に向かうおりなどは高瀬川沿いを歩く。

高瀬川は江戸時代初期に豪商、角倉了以《すみのくらりょうい》とその息子素庵《そあん》によって開かれた総延長十キロ、幅七メートルの運河だ。

木屋町《きやまち》二条付近から木屋町通りの西側を南下して三条と四条を通り、八条のあたりで蛇行して鴨川と合流し、さらにまた分水する。

川の深さは三十センチほどで江戸時代には舳先《へさき》がせりあがり、底が平たい高瀬舟が、伏見—京都間で薪《まき》や炭、米、酒、醤油《しょうゆ》、海産物などを運搬した。

高瀬舟は、森鷗外《もりおうがい》の短編「高瀬舟」で世に広く知られた。

江戸時代、京都の罪人は遠島を申し渡されると高瀬舟で大坂へ廻る。この際、囚人は親類と最後の別れをする。

護送の同心は、その会話を漏れ聞いて罪人たちの身の上を知る。

――場合によつて非常に悲惨な境遇に陥つた罪人と其《その》親類とを、特に心弱い、涙脆《もろ》い同心が宰領して行くことになると、其同心は不覚の涙を禁じ得ぬのであつた。（森鷗外「高瀬舟」）

護送役の同心、羽田《はねだ》庄兵衛《しょうべえ》は、弟を殺した罪で遠島になる喜助《きすけ》という男が晴れやかな顔をしている事を不審に思って訊《たず》ねる。

喜助はいままでの貧乏暮らしを思えば、遠島は安楽だと思っており、さらに弟殺しは自害し損ねて苦しんでいた弟を楽にしてやった「安楽死」なのだ。

罪とは何なのか。

庄兵衛は喜助のことをどう考えていいか、わからないまま奉行の判断に従っていればいいのだ、と思おうとする。

しかし、それでも疑念が消えることはない。

――次第に更《ふ》けて行く朧夜《おぼろよ》に、沈黙の人二人を載せた高瀬舟は、黒い水の面《おもて》をすべって行った。
と小説は終わっている。
ところで鷗外と並び立つ文豪、夏目漱石も高瀬川の近くの宿に滞在したことがある。
そして気になる俳句を詠《よ》んでいる。
――木屋町に宿をとりて、川向の御多佳《おたか》さんに
と前書きされた次のような俳句だ。

春の川を隔てゝ男女哉《かな》

漱石は『虞美人草《ぐびじんそう》』の取材などで合わせて四回、京都を訪れている。

最初は明治二十五年七月に正岡子規とともに訪れ、二度目は明治四十年春、朝日新聞に連載する小説『虞美人草』の取材のためだった。明治四十二年には、中国東北部への旅の帰途に寄っている。

そして大正四年三月に四度目の京への旅をした。随筆『硝子戸《ガラスど》の中《うち》』を書き終えた直後だった。

宿は御池通《おいけどおり》木屋町の旅館「北大嘉《きたのだいか》」だ。

前書きにある「川向」とは鴨川を越えた祇園《ぎおん》のことである。

「御多佳さん」は祇園の茶屋「大友《だいとも》」の女将《おかみ》で文芸の素養が深く、書画、骨董《こっとう》にも詳しい〈文芸芸妓《げいぎ》〉とも呼ばれた磯田《いそだ》多佳だ。

多佳は作家の谷崎潤一郎や歌人の吉井勇《よしいいさむ》とも親交があったという。

漱石は友人の紹介で多佳と知り合い、意気投合する。漱石、四十八歳、多佳、三十六歳だ。

気難しい漱石にしては珍しい交際だったかもしれない。ところがふたりの間に「行き違い」が起きる。

漱石は多佳から天神様（北野天満宮）に梅を見に行こうと誘われた。だが、翌日。いくら待っても多佳が来ないので「大友」に問い合わせると、ある人と宇治《うじ》に出かけたという。

裏切られたと感じた漱石は京都市内の帝室博物館から伏見稲荷《ふしみいなり》大社、新京極《しんきょうごく》まで闇雲《やみくも》に歩き回ったあげく、宿に戻って「春の川——」の句を詠んだのだ。

冗談めかしているようでもあるが、「川を隔てゝ男女哉」はただごとではないとも読める。

もともと胃痛に悩まされていた漱石は、その夜、体調が急変して寝つく。

多佳は病床を見舞ったが漱石は機嫌の悪いままだった。

やがて体調が回復した漱石は帰京するが、その後も手紙で多佳を何度も激しく責めた。その文豪らしからぬ執拗《しつよう》さは異様だ。

漱石は翌大正五年十二月に亡《な》くなる。

多佳と待ち合わせて北野天満宮に行っていたとしたら、漱石は、そのとき何か言いたいことがあったのかもしれない。

龍馬《りょうま》暗殺

京都の三条大橋から木屋町、高瀬川沿いをぶらぶらと歩いていると、
──酢屋《すや》
の前に出た。ここが、あの酢屋かと何となく眺めた。
幕末に坂本龍馬が潜伏していた家だ。酢屋という名だが、享保《きょうほう》年間から続く材木商だという。
龍馬は慶応三年（一八六七）六月九日、土佐藩船「夕顔丸」に後藤象二郎《ごとうしょうじろう》と乗船して京に上った。船中で〈船中八策〉を作成し、十五日には京の酢屋に入った。姉の乙女《おとめ》に書いた手紙にも、
京と三條通河原町一丁下ル車道すやに宿申し候《そうろう》
とある。この後、龍馬は大政奉還策の実現に向けて奔走する。
暗殺される直前の十月十四日、龍馬は土佐藩邸近くの河原町三条下ル蛸薬師《たこやくし》角の醬

油商、近江屋《おうみや》に移った。

この近江屋で襲撃されるわけで、ひょっとしたら酢屋にいれば死なずにすんだかもしれないとも思う。

なぜかと言えば、龍馬が近江屋に移った十四日は将軍徳川慶喜《とくがわよしのぶ》が朝廷に大政奉還を上表した日だった。

龍馬は、この日から暗殺の標的となった。地下深く潜伏して姿を消すべきだった。土佐藩邸近くに移れば、いやでも土佐藩士に知られる。龍馬たち土佐勤王党は藩内で流血の暗闘を繰り広げた。藩士の中に龍馬を憎む者もいたはずだ。

さらに、このころ、龍馬は大政奉還の献策のため幕府の大目付で京都町奉行の永井尚志《なおゆき》を度々、訪ねている。永井の宿舎は二条城の北側二百メートルほどのところにある元大和郡山《やまとこおりやま》藩邸だった。ちなみに二条城の北側は、京都所司代の広大な屋敷が立ち並ぶ。後に龍馬暗殺の実行犯とされた佐々木只三郎《ささきたださぶろう》が所属する京都見廻組の警戒区域だった。

龍馬の大胆さは、いかに永井尚志が、龍馬について、

——(坂本龍馬は)象二郎(後藤)とはまた一層高大にて、説も面白くこれありと評価していたにしても驚くべきものがある。もっとも、龍馬の方では、

――あの玄蕃頭《げんばのかみ》（永井尚志）はヒタ同心にて候
と永井とまったく同じ考えだと信じ込んでいたようだ。しかしこれは、やはり甘かったのではないか。

龍馬は大政奉還の成立を見届けると十月末に福井に赴いた。福井藩主松平春嶽《まつだいらしゅんがく》に土佐藩主山内容堂《やまうちようどう》からの上洛《じょうらく》要請を伝えるためだった。

龍馬は春嶽が幕府の政事総裁だった文久二年（一八六二）に初めて会っている。大名の中で龍馬のもっともよき理解者は春嶽だったろう。龍馬の〈船中八策〉は、春嶽の腹心、横井小楠《よこいしょうなん》の〈国是七条〉を参考に作ったとの見方もある。龍馬にとって春嶽は今後に向けての大きな後ろ盾であり、春嶽にとっても龍馬は新たな時代の水先案内人だった。龍馬は福井藩の三岡八郎《みつおかはちろう》（由利公正《きみまさ》）を引っ張り出して新政府の財政をまかせるつもりだった。

龍馬が新時代の政権構想を福井藩に依拠しようとしていたのは明らかだ。

その後の経過で言えば春嶽は新政府の議定となり、内国事務総督の重職を担う。横井小楠も参与として出仕する。三岡は翌年発布される〈五か条の御誓文〉を作成して力を発揮していく。

前将軍慶喜が朝敵として凋落《ちょうらく》していくのとは対照的だった。しかし、春嶽は新政府に出仕したものの、権力を掌握するにはいたらず、明治三年下野《げや》した。前年、横井小楠は暗殺され、由利も大隈重信《おおくましげのぶ》に追われる形で新政府の要職から離れた。維新後、数年で福井藩出身者は政府から一掃されたに等しい。

龍馬が生きていれば、と春嶽は思ったに違いない。龍馬の暗殺で、最も政治的な「損失」を被《こうむ》ったのは、春嶽かもしれない。

ところで、龍馬は十一月五日には京に戻った。そして、何を思ったのか、十一日には永井尚志を訪ねた。

楽天的な龍馬は永井に春嶽を訪ねたことを得々と話しただろう。このとき、

――ヒタ同心
にひびが入ったのではないか。大政奉還によりこれまでの幕閣が政治の中心から遠ざけられるのは目に見えていた。それなのに、幕府の政事総裁職まで務めた春嶽が龍馬の伝手《つて》で新政権の中枢《ちゅうすう》に入ろうとしている。

永井が嫉妬《しっと》と憤《いきどお》りを覚えたとしても不思議ではない。龍馬がいなくなれば、春嶽は新政府の伝手を失う。春嶽ひとりによい目は見させぬ。そんな思いが永井の胸を過《よぎ》ったのではないか。

もともと龍馬は寺田屋事件でピストルを発砲して逃亡した指名手配犯だ。京都町奉

行として見逃しているほうがおかしい。
京都見廻組の佐々木只三郎は常にすぐそばにいる。
ひと声かければすむことだった。
十四日、またもや龍馬は永井を訪ねてきた。
龍馬が暗殺されたのは、翌十五日のことである。

京のゲバラ

四条河原町の交差点から先斗町の入口に向かう途中で「栗山大膳堂《くりやまだいぜんどう》」という煙草《たばこ》店を見つけて、びっくりした。

国産や輸入品のシガレット、手巻煙草、パイプ煙草をそろえている愛煙家好みの店だ。中に入って思わず、店名の由来を訊《き》いてしまった。

経営者の方が福岡出身、ということで、さらには御先祖が栗山大膳に関わりがあるという。顔には出さなかったが、胸の内では思わずうなった。

江戸時代の三大御家騒動と言えば、山本周五郎の『樅《もみ》ノ木は残った』で知られる仙台伊達《だて》家の「伊達騒動」、加賀前田家の「加賀騒動」、そして筑前《ちくぜん》黒田家の「黒田騒動」である。

自己宣伝めいて申し訳ないが、拙作の『橘花抄《きっかしょう》』は〈第二の黒田騒動〉と言われた黒田家の重臣で茶人でもあった立花実山《たちばなじつざん》の失脚劇を描いている。

そして今年（二〇一五）八月に上梓《じょうし》した『鬼神《きじん》の如《ごと》く　黒田叛臣伝《はんしんでん》』は、文字通り「黒田騒動」を題材としたもので、主人公は栗山大膳だ。

「黒田騒動」は、黒田藩重臣の栗山大膳（ＮＨＫの大河ドラマ「軍師官兵衛」で濱田《はまだ》岳《がく》が演じた栗山善助の息子）が、官兵衛の孫である黒田藩主忠之《ただゆき》が「謀反《むほん》を企てている」と幕府に訴え出た事件だ。

幕府では大膳の訴えを取り上げ、忠之を江戸に呼びつけ、取り調べた結果、忠之の所領をいったん没収するものの父親長政《ながまさ》の関ヶ原合戦での功に免じて、即日、再び与えるという玉虫色の決着となった。

訴え出た大膳は南部藩に流されたが、待遇は悪くなく大威張りで暮らして決して反省の様子は見せなかった。

大山鳴動《たいざんめいどう》して鼠《ねずみ》一匹、大騒ぎしたわりには、死人がひとりも出ていないという不思議な事件だ。

しかも同じ九州の肥後で、やはり家中のもめ事が原因で加藤清正が藩祖の加藤藩がつぶされた直後だっただけに、なぜ黒田藩は生き延びたのか、という疑問がいまも残る。

栗山大膳についても、わざと騒ぎを起こしてわがままな藩主に反省をうながすともに御家を守った大忠臣であるという見方と、二代目の若い藩主と気が合わずに幕府を巻き込んで嫌がらせをした叛臣であるという見方が対立し、いまもよくわからない。

そんな栗山大膳の名をつけたお店は京都の繁華街に似合っている。

なぜなのだろうと考えてみれば、栗山大膳の実像がどうであったかはともかく、藩主に逆らう、反骨の人物だったことは確かだと思えるからだ。しかも、そんな騒動で幕府を翻弄《ほんろう》する大胆さには反権力の気配が漂う。

その気配が京都に合うのだ。ところで店内を見ていると、チェ・ゲバラの顔がプリントされたアルミニウムのシガレットケースが売られていた。

髭面《ひげづら》にベレー帽のおなじみのゲバラの顔だ。

チェ・ゲバラがラテンアメリカの傑出した革命家だという説明は必要なのだろうか。アルゼンチンの中流家庭の生まれで、大学で医学を学ぶかたわら、ラテンアメリカの各地を旅行した。

このあたりは映画「モーターサイクル・ダイアリーズ」に詳しい。

南米社会の矛盾を目《ま》の当たりにしたゲバラはやがて、キューバで反政府活動を行いメキシコに亡命していたフィデル・カストロと出会って革命運動に身を投じた。八十二人の仲間とプレジャーボートでキューバに密航し、上陸後は山中に潜伏して戦った。

一九五九年、バチスタ政権を打倒してカストロとともにキューバ革命を成功させた。その後、政府の要職を歴任したが、やがて栄職を捨ててキューバを去り、ボリビアでの革命運動に加わった。民族解放軍を組織してゲリラ戦を展開した。

だが一九六七年十月、政府軍に捕らえられ射殺された。

キューバ革命の半年後、一九五九年七月に来日したゲバラは広島を訪れ、原爆資料館の展示を見て胸を痛め、

「なぜ日本人はアメリカに対して、原爆投下の責任を問わないのか」

と言ったと伝えられる。

一方、ゲバラが葉巻を好んだ愛煙家だったことはよく知られている。

——煙草の煙は、孤独な兵士の偉大なる相棒だ
というのは、ゲバラの言葉だ。だから自分の顔がシガレットケースにプリントされて京都の煙草店の店先に並んでいてもゲバラに異存はなかったのではないか。

それにしても、ゲバラと栗山大膳には反骨、反権力というところで共通するものがある。そう感じるのは、京都の街が持つ魔力のせいなのだろうか。

金閣焼亡

昭和二十五年（一九五〇）七月二日未明、京都の金閣寺が寺僧の放火によって焼失した事件はまことに衝撃的だった。

産経新聞京都支局の記者だった若き日の司馬遼太郎は事件の日は支局で宿直をしており、消防車のけたたましいサイレンの音で飛び起き、現場に駆けつけた。

犯人の寺僧はすぐに逮捕されたが、動機がわからない。司馬は宗教を担当する「寺回り」の記者である強みを発揮して、警察担当記者にはなじみのない寺の庫裡《くり》に入り込んだ。親しかった住職から直に話を聞いて「宗門へ不満の弟子が放火」とスクープした。

新聞記者司馬遼太郎のエピソードだ。

金閣寺の焼け跡の現場に立つ司馬記者を想像すると興味深い。司馬作品にあふれるのは、歴史の現場に立って考察する姿勢ではないかと思うからだ。ところで、金閣寺放火事件に関わる作家は司馬だけではなかった。

昭和三十一年、三島由紀夫はこの事件をテーマに傑作『金閣寺』を発表した。さらに六年後、水上勉が刊行した『五番町夕霧楼』は、孤独な青年僧と娼妓《しょうぎ》の悲恋の背景に金閣寺放火事件が浮かびあがる。

水上はその後、犯人の青年僧の生い立ちから、放火にいたった心理を追うフィクション『金閣炎上』も書いており、市川崑《いちかわこん》監督の映画「炎上」も合わせると、文学、映像作品としてこれほど取り上げられた事件も珍しい。三島、水上、司馬という三人の大作家に縁がある金閣寺放火事件とはいったい何だったのか。貧困、劣等感など金閣寺を焼いた犯人の孤独な内面はいまさら知りようもないが、

——金閣焼亡
が日本人に与えた衝撃の大きさには見過ごせないものがある。そんなことを思いつつ金閣寺に行ってきた。

京都盆地の西北部、衣笠山《きぬがさやま》の麓《ふもと》にある広い境内をまわり、金閣寺を眺めていると、外国人観光客が多く、外国語が飛び交うからなのか、タイのワット・アルン（暁《あかつき》の寺）やインドのタージ・マハルなどを思い浮かべてしまう。金閣寺は銀閣寺に代表される日本的な閑寂な侘《わ》びの境地とは無縁であり、アジアの雄渾《ゆうこん》な幻想がある。それは金閣寺の成り立ちに由来する。

金閣寺を建てた室町幕府の将軍、足利義満《あしかがよしみつ》は応安元年（一三六八）、わずか十一歳で征夷《せいい》大将軍に任ぜられた。

応永元年（一三九四）、義満は三十七歳にして将軍職を譲って翌年出家し、二年後には西園寺家の別荘である北山第《きたやまてい》を譲り受け、山荘を造営した。

黄金浄土世界の再現を望んで舎利殿は金箔《きんぱく》をもって建物を覆《おお》った。この舎利殿が現在の金閣寺だ。

このころ、義満は南北朝の合一を成し遂げ、強大な権力を握っていた。

応永八年五月、義満は使者を明《みん》に遣わし、困難な外交交渉の末、元寇《げんこう》以来絶えていた国交を開いた。

勘合《かんごう》貿易の利権を一手に握るためだった。明帝は義満を、

――日本国王源道義
に任じ、義満は明使を北山第で饗応《きょうおう》した。

金閣寺の二階には唐物《からもの》の漆器や螺鈿《らでん》を置き、中国製の椅子《いす》を並べ、虎《とら》や豹《ひょう》の皮を敷いた。明使を迎えるためだった。

黄金で覆われた金閣寺は、義満が明との交易を行うためアジアに向けて放った光芒《こうぼう》だった。

明帝から〈日本国王〉と認められた義満は自らは上皇に、息子の義嗣《よしつぐ》が天皇になるべきだと考えた。しかし、義満は野望を実現する一歩手前、五十一歳で亡くなる。

それでも、金閣寺の象徴とも言える屋根の金色の鳳凰《ほうおう》は時空を超えて飛翔《ひしょう》した。三島の『金閣寺』には敗戦直後の金閣寺について次のような記述がある。

――敗戦の衝撃、民族的悲哀などというものから、金閣は超絶していた。もしくは超絶を装《よそお》っていた。(中略)とうとう空襲に焼かれなかったこと、今日からのちはもうその惧《おそ》れがないこと、このことが金閣をして、再び、「昔から自分はここに居り、未来永劫《えいごう》ここに居るだろう」という表情を、取戻させたのにちがいない。

金閣寺が焼けた昭和二十五年は、まだ戦争の記憶も生々しかった。

空襲でも焼けずに残った金閣寺を戦後の日本人の手で焼いたことに、ひとびとが大きな衝撃を受けたのは、それが国家の衰亡の極みだと感じたからだとも思える。

その衝撃を自らの人生と重ね合わせつつ作家は筆を執ったのではないか。

文芸評論家の小林秀雄が、

「金閣放火事件は、現代に於《お》ける、まことに象徴的な事件」

と言ったのも、この意味なのかもしれない。

鏡湖池《きょうこち》に黄金の影がゆらめく金閣寺を眺めているとそんな思いが湧《わ》いてくる。

檸檬《レモン》

ある日、こんな日記を書いてみたいと思った。
京都丸善ニテ
檸檬ヲ食ス
言うまでもなく梶井《かじい》基次郎《もとじろう》の名作「檸檬」の舞台となった京都の書店、丸善でレモンを食べるといういたずらだ。
——変にくすぐったい気持が街の上の私を微笑《ほほえ》ませた。丸善の棚へ黄金色に輝く恐ろしい爆弾を仕掛て来た奇怪な悪漢が私で、もう十分後にはあの丸善が美術の棚を中心として大爆発をするのだったらどんなに面白いだろう。（梶井基次郎「檸檬」）
丸善の書棚にレモンを置いて立ち去る最後の場面で知られる「檸檬」は、梶井が東京帝国大学に入学した翌年、文学仲間と発刊した同人誌「青空」に発表した処女作だ。

梶井は明治三十四年、大阪市に生まれ、昭和七年、三十一歳の若さで亡くなる。

文学者としての活動期間は七年に過ぎない。

しかも、その間、肺結核が悪化し、血痰《けったん》、呼吸困難に苦しんだ。

「檸檬」には、ついに短命に終わる作者の予感が満ちているような気がする。

梶井が京都に居住したのは、大正八年、第三高等学校（三高）に入学して、肋膜炎《ろくまくえん》で休学した後、大正十三年に卒業するまでの五年間だ。

三高時代の梶井は青春の懊悩《おうのう》の真っただ中にいた。

演劇を上演しようと仲間たちと一カ月間、準備に明け暮れたが、公演直前に校長から禁止される。

納得できないまま泥酔し、中華蕎麦《ちゅうかそば》屋の屋台をひっくり返し、借金が重なって下宿から逃亡し、自殺を企てるなど放蕩無頼《ほうとうぶらい》の時期を過ごした。

梶井は、荒れることで人間の真実を探ろうとしていたのではないか。

神経を張り詰めて人生と対峙《たいじ》する緊張感から疲労困憊《こんぱい》し、時に逆上して暴走を重ねたのだろう。

「檸檬」では、友達の下宿を転々としていた主人公が、ある朝、友達が学校へ出てしまった後の空虚な空気の中にぽつねんと一人、取り残されて、何かに追い立てられるように街に彷徨《さまよ》い出る。
寺町通りの八百屋でふとした思いつきでレモンを買う。そしてどこをどう歩いたのか、気がつけば、丸善の前に立っていた。
――「今日は一つ入って見てやろう」そして私はずかずか入って行った。
（「檸檬」）
「丸善 京都支店」は、
明治五年、二条通柳馬場東に京都支店（丸屋善吉店）開設
明治七年、寺町通姉小路上ル へ移転
明治十二年、京都支店閉店
明治四十年、三条通麩屋町《ふやまち》に京都支店を再開設、その後、河原町通蛸薬師へと移転
という経過をたどるが、梶井が訪れたのは三条通麩屋町の丸善だ。
京都の丸善は平成十七年にいったん閉店した。
このとき、文学ファンたちが閉店を惜しみ、「檸檬」を真似《まね》て店内にレモンを置くのが話題になった。
そして平成二十七年八月、十年ぶりに河原町通三条下ル山崎町の商業ビルで再開し

た。

再オープンの日は店内にレモン専用のカゴが置かれ、「レモンを置きたい」というひとの要望に応《こた》えた。

だから、いまさらレモンを置きにいくわけにはいかない。梶井を偲《しの》びつつ、店内でレモンをかじってみてはどうだろうか。

そんなことを考えながらぶらぶらと丸善に向かって歩いた。

考えてみれば、青春時代の煩悶《はんもん》と還暦を過ぎて老年期にさしかかっての懊悩は、先の見えない真っ暗な闇の道を歩む感覚が似ている。年齢を重ねたからといって、穏やかな安定のうちにいるわけではない。

爆弾に見立てたレモンをどこかに置きたい衝動は、却《かえ》って激しく、切なるものがある。その根っこにあるのは、時間を限られた人生への憤りかもしれない。ともあれ、ビルの地下一階、二階にある丸善に入ってみる。

当然ながら、店内でかじるレモンなど用意してきてはいない。

書棚を見てまわり、新潮文庫の『檸檬』を買う。表紙の黄色いレモンのデザインが素敵だ。

店内に併設されたカフェに入り、紅茶と「檸檬」にちなんでレモンの形をした、

——レモンケーキを頼んだ。上半分がレモンケーキで下半分はレモンゼリーになっている。

食べてみた。

爽《さわ》やかで甘酸《あまず》っぱい味だ。

少なくとも日記に、こう書くことはできるようだ。

丸善ノ檸檬
美味ナリ

本能寺

京都は当然のことながらお寺が多い。お寺めぐりをするだけで一日が過ぎていく。京都に来て、どうしても見ておきたかったのは、やはり織田信長《おだのぶなが》が明智光秀《あけちみつひで》に討たれた本能寺だ。

本能寺は現在、寺町御池《てらまちおいけ》にあるが、〈本能寺の変〉が起きたころは、四条西洞院《にしのとういん》あたりにあった。今は石碑が残るだけだが、『信長公記』によれば、付近の民家を退去させて四方に堀をめぐらし、土居を築いて木戸を設け、仏殿や客殿などの殿舎を建て厩舎《きゅうしゃ》も造り、小城郭のようだったという。

歩き疲れて四条河原町のレトロな喫茶店で注文したコーヒーを待ちながら、ふと考えた。

戦国時代とは、一面では宗教戦争の時代でもあったのではないか。織田信長は宗教を利用して天下を取り、だからこそ本能寺で殺されたのではないか。

歴史小説の題材として悪くないかもしれない。

戦国時代の宗教戦争は、天文《てんぶん》五年（一五三六）、比叡山《ひえいざん》の僧兵と近江の六角《ろっかく》氏の軍勢が洛中《らくちゅう》に乱入し、京の法華《ほっけ》宗二十一本山を焼き討ちした、——天文法華の乱に始まる。この乱は、同年二月、比叡山の僧と法華宗門徒が宗論《しゅうろん》を行い、比叡山側が敗れて、山門の面目が失墜したことから起きた。比叡山側の軍勢は近江衆三万、山門三万、寺門三千とも言われ、法華宗側は、二、三万だったという。

激戦の末、法華宗二十一本山すべてが炎上し、法華宗諸山は本尊聖教を背負って堺《さかい》に落ちのびた。京都法華宗諸本山が堺から京への帰還を勅許されたのは天文十一年のことだ。

ところで信長の義父である斎藤道三《さいとうどうさん》はかつて妙覚寺《みょうかくじ》で修行した法華宗の僧侶《そうりょ》だったと伝えられる（実際には道三の父新左衛門尉《しんざえもんのじょう》のことらしい）。そして道三が息子義龍《よしたつ》との戦いで敗死した後、道三の息子のひとりは京に出て法華宗の僧、日饒《にちじょう》となり、妙覚寺の貫主を務めた。

永禄《えいろく》十一年（一五六八）、信長は足利義昭《あしかがよしあき》を奉じて上洛し、翌年の再上洛の際、初めて妙覚寺を宿所とした。

日饒が妙覚寺貫主となったのは、このころのようだ。

信長自身は法華宗ではなく臨済宗妙心寺派だった。それなのに妙覚寺を宿所としたのは日饒と関係がある。信長は美濃《みの》を奪ってその後の飛躍の基盤とするのだが、いわゆる道三が美濃国の譲り状を信長に送ったとする手紙が日饒のもとにあった。

——ついには織田上総介《かずさのすけ》の存分に任すべきの条、ゆずり状信長に対して渡しつかわす。

と認《したた》められた手紙は真書であれ、偽書であれ、信長にとってはありがたいものだったろう。信長は道三の娘、帰蝶《きちょう》を妻としており、日饒は義弟でもあった。

また、経済感覚が発達していた信長は、京や堺の商人に信徒が多い法華宗に利用価値を見出《みいだ》したのではないか。特に本能寺は鉄砲伝来の地である種子島《たねがしま》で布教をしており、種子島に信徒が多かった。このため本能寺に依頼して鉄砲や火薬を手に入れたとも考えられる。

上洛した信長は間もなく、本能寺について、

——定宿たるの間、余人の寄宿停止の事
と、ここを定宿と定めて他の人の寄宿を禁止する命令を出している。本能寺を通じての鉄砲、火薬の購入を独占するためだったかもしれない。一方、楽市楽座で商業を

発展させる信長の政策は法華宗の商人たちに受け入れられた。

信長は法華宗の敵であった比叡山や石山本願寺と戦って天下統一を目指した。だが、そのような蜜月《みつげつ》関係にも、やがてひびが入る。

天正三年（一五七五）三月、日饒は病没する。

日饒が逝《い》って四年後の天正七年五月、安土城下《あづちじょう》で浄土宗と法華宗の、

——安土宗論
が行われ、法華宗は敗れた。これは法華宗の台頭を警戒した信長の内意によるものとも言われる。

信長が一転して法華宗を迫害した裏には、このころイエズス会の宣教師によるキリスト教の布教が広がっていたことがある。

イエズス会の布教を許せば南蛮との交易ができることに目をつけた信長は、海外への飛躍を目指すためにキリスト教を利用しようと目論《もくろ》んでいた。このため、安土城下だけでなく、本能寺のそばにもこれ見よがしに教会の建設を許した。この教会は三階建てであたかも本能寺を見下ろすかのごとくだった。法華宗側は歯ぎしりする思いだったに違いない。

天正十年六月二日、明智勢が本能寺に迫った際、京に住む情報に敏感な法華宗徒の

商人たちは、法華宗を裏切った信長に危機を伝えようとはしなかったのではないか。
だから明智勢は本能寺を誰にも邪魔されずに囲むことができたのだ。
そこまで考えたとき、いつの間にかテーブルに置かれていたコーヒーが冷めていた。

いもぼうの味

〈いもぼう〉は冬の味だ。ほっこりとしていて冬枯れの心を慰めてくれる。

〈いもぼう〉は九州の食べ物なのだ、となぜか思い込んでいた。

東山《ひがしやま》、円山《まるやま》公園にある数寄屋《すきや》風の「いもぼう平野家本家」の前を通りかかって、〈いもぼう〉とあるのを見て、懐《なつ》かしく感じたのはそのためだ。なぜ、九州の食べ物だと思っていたかと言えば松本清張の短編「顔」に出てくるからだ。

わたしは清張と同じ福岡県小倉市（現北九州市小倉北区）生まれで、子供時代には清張と同じ北九州工業地帯の煤煙《ばいえん》まじりの空気を吸い、同じような物を食べて暮らしていたという思い込みがある。

だから、清張作品に出てくる物には、いつか出会っているはずだ、という既視感がつきまとう。

もっとも、〈いもぼう〉は九州の唐芋《からいも》と北海道の棒鱈《ぼうだら》を組み合わせた「奇跡の逸品」

だから、九州の食べ物という感覚が間違っているわけではない。

店の説明によると、〈いもぼう〉は江戸時代、元禄《げんろく》から享保《きょうほう》にかけて青蓮院《しょうれんいん》宮に仕えていた平野権太夫《ごんだゆう》がある時、宮様が九州から持ち帰った唐芋を栽培したところ海老《えび》に似た独特の形と縞《しま》模様を持った「海老芋」となった。権太夫は宮中への献上品であった棒鱈と一緒に炊《た》き上げて「いもぼう」を考案した。厚く面取りした海老芋と、一週間余りかけて柔らかく戻した棒鱈を一昼夜かけて炊き上げるのだという。

清張の「顔」は「張込み」とともに印象深い作品だ。九年前に関係を持った女を殺した過去を持つ劇団俳優、井野良吉は不安に怯《おび》えていた。女を殺すために温泉に連れ出した際、出会った男に顔を目撃されたと信じていたからだ。

井野は神経過敏なほどに警戒し、やがて男の殺害を計画する。殺すために男を京都に呼び出したが、殺人を実行する前に昼食をとろうとする。

——少し腹が空《す》いた。何を食べようかと考えた。京都に来たのだから、東京で食えないものを食おうか。それでは、いもぼうにでもしようと思った。

井野は〈いもぼう〉を食べていて、偶然、殺害しようと考えていた男と同じ店で出会う。しかも、男が自分の顔を覚えていないことを知って歓喜する。

最後には逆転が待っているのだが、とりあえず、「助かった」と思った井野の安堵《あんど》感《かん》と〈いもぼう〉のほっこり感がよく合う。

ところで〈いもぼう〉が登場する文学作品はほかにもある。

川端康成《かわばたやすなり》の『古都』で、ヒロインの千重子が自分は捨て子ではなかったか、と母を問い詰める場面だ。

「そんなら、千重子をどこでお拾いやしたの。」

「夜桜の祇園さんや。」と、母はよどみなく、「前にも話したかもしれんけどな、花の下の腰かけにな、それは可愛《かわい》らしい赤んぼが寝さしたって、うちらを見て、花のように笑うのや。抱きあげずにいられへん(中略)芋棒の平野屋さんの前あたりからな、車に飛び乗ってしもたと思うのやけど……。」

生憎《あいにく》、〈いもぼう〉を食べる場面はないのだが、夜桜の下、花のように笑う赤ん坊との出会いに〈いもぼう〉が温かさを添えている。

昭和三十六年十月から三十七年一月まで新聞に『古都』を連載した際、川端は睡眠薬を濫用《らんよう》していた。

『古都』の連載が終わると同時に睡眠薬を止《や》めると激しい禁断症状を起こして入院せ

ざるを得なくなった。退院したときには執筆時の記憶が失われており、川端自身が不気味なほどだったという。このため川端は『古都』を「私の異常な所産」と呼んだ。

しかし、それだけに、小説に登場する北山杉《きたやますぎ》へのこだわりなどに、川端の繊細で震えるような感受性がうかがえる気がする。千重子は北山杉のように真っ直《す》ぐに立っている娘として描かれる。北山杉は京都市街北西、二十キロの北山地方の杉だ。

室町時代から茶室や数寄屋建築に重用されてきた。

単行本では口絵に東山魁夷《ひがしやまかいい》の「冬の花」と題する北山杉の図が掲げられている。東山は、入院していた病床の川端を訪れて「冬の花」を手渡した。川端は、

――病室で日毎ながめていると、近づく春の光りが明るくなるとともに、この絵の杉のみどり色も明るくなって来た。

と書き残している。

冬は陰鬱《いんうつ》だが、やがて明るい日が差してくるはずだ。そう思いながら、わたしも〈いもぼう〉を食べた。犯罪者の不安も文豪の悩みもともに救う味である。

蕪村《ぶそん》

師走《しわす》である。

心寂しくなると与謝《よさ》蕪村を思い出すのはなぜなのだろうか。

仏光寺通烏丸西入ル《ぶっこうじどおりからすまにし》の蕪村の旧居跡を訪ねた。

石碑があるだけなのだが、このあたりにほど近く、名だたる絵師の円山応挙《まるやまおうきょ》や伊藤《いとう》若冲《じゃくちゅう》の家もあったと思えば、そこはかとない江戸の文化の香を嗅《か》いだ気がする。

蕪村は享保元年（一七一六）、摂津《せっつ》国東成郡毛馬《けま》村（現大阪市都島区毛馬町）の村長の子として生まれたと言われるが、母親は丹後《たんご》、与謝村から奉公に来ていた女性だという。

蕪村は正嫡《せいちゃく》とは認められない日陰の身だったかもしれない。

蕪村が十三歳のとき、母親は三十二歳の若さで亡《な》くなったとされる。入水《じゅすい》しての自害だったともいう。

蕪村の句に、
枕《まくら》する春の流れやみだれ髪
がある。

この句は夏目漱石の『草枕』に登場する絵画、ミレーの傑作「オフィーリア」を思わせる。

オフィーリアは、シェークスピアの『ハムレット』のヒロインだ。

復讐《ふくしゅう》のために狂気を装ったハムレットに冷たくされたあげく、父をも殺され、錯乱したオフィーリアは川に落ちて死ぬ。

川の流れに仰向けに浮かび花に囲まれたオフィーリアの姿は美しく幻想的だ。

蕪村が見たのはこんな母の最期《さいご》の姿だったか。

母恋いの思いが蕪村は強かったのだろう。

だからなのか、晩年の蕪村は若い女に恋をする。女の名は、

――小糸《こいと》
である。京都の三本木の富永楼の若き芸妓《げいぎ》だ。

蕪村は、富永楼の離れを、画室として借りており、小糸との間柄が生じた。
だが、小糸との恋は弟子たちの猛反対によって断念せざるを得なくなる。
蕪村は弟子への手紙で、
――小糸が情も今日限りに候《そうろう》。よしなき風流、老いの面目を失い申候
と恥じたが、舌の根の乾かぬ内に、小糸との恋で得た句を披露して、
――これ、泥に入て玉を拾うたる心地
と強がった。しかし結局、蕪村は小糸と泣く泣く別れる。

老が恋忘れんとすれば時雨《しぐれ》かな

蕪村と小糸が別れたのは天明三年（一七八三）春ごろだろう。
小糸を遠ざけた年の暮、蕪村は蠟燭《ろうそく》の火がかき消されるように、この世を去る。
ところで蕪村は晩成のひとだった。晩年、豊麗な作品を生み出す。作家の石川淳は、
――蕪村は晩成の画人であつた。（略）五十歳までとすれば、尋常のへぼ画《え》かき。
（中略）刮目《かつもく》して見るべきものは、六十歳以後の八年間にある。
（「蕪村風雅」）

としている。五十歳までは〈へぼ画かき〉で、六十歳までも、たいしたことはない、刮目してみるべきは六十歳からの八年間だというのは、嬉《うれ》しいような、虚《むな》しいような微妙な評価だ。

ところで蕪村という号が、陶淵明《とうえんめい》の「帰去来辞《ききょらいのじ》」にある、

帰りなんいざ
田園将《まさ》に
蕪《あ》れなんとす
なんぞ帰らざる

から取ったものであることはよく知られている。

「蕪村」とは、雑草生い茂る荒れ果てた野の村なのだ。

蕪村は伊達《だて》や酔狂で「荒れ果てた村」と名のったわけではない。

芭蕉《ばしょう》が生きた元禄時代が高度成長期、あるいはバブルの時代だったとすれば、蕪村が生きたのは、

――米価安の諸色高

米価が下落し、一方で商業の発展とともに農本主義の幕藩体制が揺らぎ始めた時代だ。

蕪村が十七歳だった享保十七年、冷夏と蝗《いなご》の大量発生により中国、四国、九州地方の西日本各地がひどい凶作に見舞われた。

明和元年（一七六四）、四十九歳のときには農民暴動が起きる。

さらに天明の打ちこわしが起きるなど、不安定で人口減に悩まされるいわば、現代と同じ〈下り坂〉の時代だった。

蕪村は天明三年十二月に六十八歳で没した。

この年の春から夏には浅間山の大噴火があり、〈天明の大飢饉《だいききん》〉は長期に及んだ。

蕪村の目には、荒れ果てた村の姿が見えていたのかもしれない。

蕪村の本当の寂しさはここにある。

ぶぶづけ

京都に仕事場を持った初めのころは、中京区二条城町にある二条城の近くに住んでいた。だから、毎朝、二条城のまわりをどたどたと走った。

二条城の周囲は幅十三〜十九メートル、長さ二キロに及ぶ堀で囲まれている。観光客が多い東大手門あたりは遠慮して、四角形で言えば、ほかの三辺をひた走るというか、外見は両手を振って、やや前のめりにもがくように歩いているとしか見えなかったと思うが。

ともあれ、二条城を毎朝、眺めていると、徳川家康《とくがわいえやす》がこの城を建てたのはひどく無駄なことだったのではないかと思えてきた。

二条城は慶長八年（一六〇三）三月に完成し、この年、征夷大将軍になった家康が入城して、拝賀の礼を行った。

二年後、徳川秀忠《ひでただ》の将軍宣下も行われ、寛永十一年（一六三四）には、将軍家光が三十万七千人の大軍勢を率いて上洛《じょうらく》し、二条城に入った。だが、これを最盛期として二条城は歴史的な光彩を失う。

再び注目を集めるのは幕末の動乱期だ。

その間、将軍が訪れることはなく、言うならば城主不在の城だった。

文久三年（一八六三）、二百二十九年ぶりに将軍徳川家茂《いえもち》が上洛を果たし、慶応二年（一八六六）には最後の将軍として徳川慶喜《よしのぶ》が二条城で将軍宣下をうけた。

翌年十月十四日には、大政奉還の奏上を二条城で行い、将軍職を辞したのち、十二月十二日、退去した。

幕府にとっては二百数十年にわたって終焉《しゅうえん》の儀式のための場を維持してきたことになる。

だが、その期間、二条城が果たした役割もあった。当初の目的は大坂の豊臣《とよとみ》氏の封じ込めであったろうし、さらに毛利や島津など関ヶ原合戦で敵側だった西国の外様《とざま》大名に対する、備えの意味もあったに違いない。

また、およそ二キロ離れた京都御所への威嚇《いかく》と監視を行う城でもあっただろう。そこまで考えてみると、現代でも二条城に似たものがありはしないかと思えてきた。

すなわち、太平洋での戦争で日本に勝ったアメリカが占領期間を経た後、日米安保条約に基づき、沖縄などに置き続けている米軍基地だ。もちろんアメリカの東アジア防衛戦略の拠点なのだけれど、第二次世界大戦の経緯を踏まえるならば、日本に報復の念が起ることを防ぐ「威嚇」や「監視を行う」という意味もあっただろう。日米が友好国であり、同盟国であるというのは、占領期を踏まえての「建て前」に過ぎない。

だとするなら、現代の日米関係は、江戸時代、京のひとびとが二条城をどう見ていたかに通じると考えてもいいのではないか。

何のことかと言えば「京の茶漬け」の話をしているのだ。

何かの用事でよそ様のお家にお邪魔して、話もすんで帰ろうとしたところ、

「ぶぶづけ（茶漬け）でもいかがどすか？」

と勧められた。

せっかくだからと御馳走《ごちそう》になって帰ったら、後で、

「あのおひとは礼儀しらずやなあ」

と陰口を言われた。

京都人は意地悪だ、との説明によく使われる話だ。

たしかにリップサービスの裏を読み取れない相手に対するつめたさは感じられるも

のの、これを源平争乱のころから戦国時代にかけて、何度も京に乗り込んできた時代の覇者たちに対する言葉として考えたらどうだろうか。

武力で支配する者たちを京都のひとびとは決して本音で歓迎はしてこなかった。

「もういいかげんに出ていって欲しい」

との意味を込めて、茶漬けのことを言い続けてきたのかもしれない。

わが国は米軍による占領以外に他国による支配を経験していない。しかし京都は占領者の変遷《へんせん》という歴史を数多《あまた》、経験してきた。

礼儀を武器にした婉曲《えんきょく》話法での支配者へのレジスタンスが存在したと考えてみるのも面白いのではないか。

政治の言葉は常に国民に「義務」という名目で犠牲を強いることを前提としているように思う。だから礼儀の問題として考えた方が現実的だ。そう考えるなら、戦後七十年、いまなお存在し続ける在日米軍について、

「尻《しり》が長い客やなあ」

と思うのは自然なことだ。

何より江戸時代、京のひとびとは日々、二条城を眺めつつ、

「いろいろご事情もあるやろうけど、そろそろ帰って欲しいなあ」

と思っていたかもしれない。それは沖縄の米軍基地問題に悩まされる現代のわたしたちにも通じる。だから、一回は、

「ぶぶづけでもいかがどすか？」

と口にしてみてはどうか。

その心は言うまでもないだろう。

吉野太夫《よしのだゆう》

京都には、カブレンジョウというものがある。

最初は何のことかわからなかった。歌舞練場という字なのだと知ったのは、しばらくたってからだ。

百科事典によると、歌舞練場とは京都の花街にある芸妓、舞妓《まいこ》のための歌舞音曲の練習場であり、その発表の会場でもあるという。

明治五年（一八七二）に開かれた京都博覧会の際に協賛して行われた〈都をどり〉が大好評だったので、四条花見小路下ル西側に祇園甲部《ぎおんこうぶ》花街が、歌舞練場を設けたのが始まりらしい。他の花街も相次いで歌舞練場を設けて、現在にいたっている。

というわけで、昨年（二〇一五）の秋、ある方からチケットをいただいたので上七《かみしち》軒《けん》の歌舞練場に出かけた。

上七軒は京都市上京区真盛町《しんせいちょう》から社家《しゃけ》長屋《ながや》町にかけての花街だ。地元では、

――かみひちけん
と呼ぶ。文安元年（一四四四）、北野天満宮社殿が一部焼失した。将軍が所司代に社殿の造営を命じたが、この際、社殿御修築で余った材木を用いて東門前の松原に、七軒の茶店を建て、〈七軒茶屋〉と称したのが始まりだという。

また、天正十五年（一五八七）十月、豊臣秀吉が北野松原で大茶会を催した際、七軒茶屋は秀吉の休憩所になった。

名物の御手洗《みたらし》団子を献じたところ、秀吉は気に入って、七軒茶屋に御手洗団子を商う権利を許したのが、わが国におけるお茶屋の始まりだとか。

芸妓や舞妓がはべる酒席など行ったことがないので、歌舞練場でのあでやかな舞や踊りはただ、珍しいばかり。

大名狂言「墨塗《すみぬり》」が演じられた。ある大名から別れを告げられた女が悲しそうに泣き崩れ、大名も、涙を誘われるが、その女は、茶碗《ちゃわん》の水を顔につけて、泣き真似《まね》をしていた。

これに気づいた太郎冠者《たろうかじゃ》が、こっそりと茶碗の水と墨をすり替える。女は、墨を顔に塗ってしまい、激怒して太郎冠者と大名を追いかけまわすというお話で、大いに笑った。

美しく化粧した芸妓たちのはなやかな着物姿に陶然とはするが、やはり別世界のものだという気がする。

それでも見終えて帰るときには、芸妓さんたちの踊る姿が瞼《まぶた》の裏に焼きついているからなのか、島原《しまばら》を代表する名妓、

――吉野太夫
の恋の物語を思い出してしまった。

現在の島原は西本願寺の西側、静かな住宅街にあり、角屋《すみや》という揚屋《あげや》（現在は美術館）と輪違屋《わちがいや》という置屋《おきや》が残っている。

昔の島原はいわば上流紳士の社交場で遊女たちは、美しさはもとより、詩歌、管弦、連歌、茶の湯、香道、蹴鞠《けまり》、料理、碁、双六《すごろく》などの諸芸に秀《ひい》でなければならないとされていた。

恋の話で有名になったのは、二代目吉野太夫。

豪商、灰屋紹益《はいやしょうえき》と、後陽成天皇の皇子で近衛《このえ》家の養子となった近衛信尋《のぶひろ》が吉野太夫の身請けを争った。

紹益は本阿弥《ほんあみ》家の血を受けており、文雅の教養を積んだ。歌人としての名声を得て後水尾院《ごみずのおいん》の叡聞《えいぶん》に達した。俳諧《はいかい》では松永貞徳と親交を結び、随筆『にぎはひ草』を著

すなど風雅な文化人でもあった。

一方、近衛信尋は後に左大臣を経て関白、氏長者となる。茶の湯を古田織部《ふるたおりべ》に学び、名僧、沢庵宗彭《たくあんそうほう》らと交流した。後水尾院の文化サロンの中心人物のひとりだった。

ふたりとも、財力、地位、教養などで当代一流の男性であり、吉野太夫をめぐっての恋の鞘当《さやあ》ては京のひとびとの関心を呼んだ。

結局、吉野太夫は灰屋紹益を選び、近衛信尋は失恋した。

寛永八年（一六三一）、吉野太夫、二十六歳のときのことだ。

吉野太夫を妻に娶《めと》った紹益は嬉しさのあまり、次のような句を詠《よ》んだ。

ここでさへさぞな吉野の花ざかり

一方、吉野太夫が紹益に贈った歌もある。

恋そむるその行末やいかならん
今さへ深くしたふ心を

吉野太夫は結婚後、遊女時代の派手さとは無縁の質素な暮らしをした。このため、後世、遊女の亀鑑《きかん》とされたが、佳人薄命である。

吉野太夫は三十八歳ごろ病死したという。紹益は悲しみに暮れ、

都をば花なき里になしにけり
吉野は死出《しで》の山にうつして

と詠んだ。どれほど偲ぼうとも、もはや帰ってはこなかった。
まことに恋は儚《はかな》い。

本居宣長《もとおりのりなが》の妻

本居宣長は恋をしたのだろうか。

『源氏物語』を研究し、『古事記伝』を著した国学者、本居宣長は伊勢のひとで、生家は木綿商だった。

だが、宣長には商人にむいていないという自覚があり、宝暦二年（一七五二）三月、二十三歳のとき、医師として身を立てようと京に出た。

宣長は京で四条烏丸に住んだ。いまは、

——本居宣長先生修学之地
という石碑が建っている。京で医術を武川幸順《たけがわこうじゅん》に学び、それとともに儒者の堀景山《ほりけいざん》に師事した。

宣長は景山を通じて万葉集の研究者、契沖《けいちゅう》の学問に接し、国学に向かうことになるのだが、それはさておき、宣長の京都時代の恋の話だ。

以下は丸谷才一《まるやさいいち》さんの『恋と日本文学と本居宣長』に書いてあることだが、実際には国語学者、大野晋《おおのすすむ》さんの説らしいから、孫引きでの紹介ということになる。

京で医学修業をしていた宣長は宝暦六年四月に父の法事で松坂に帰る途中、学友、草深玄周の家がある、津に立ち寄った。

宣長は玄周を訪ねて歓待を受ける。五月に京に戻る際にも玄周を訪ねる。このとき、宣長は玄周の妹、十六歳の民《たみ》と会ったに違いない。そして一目惚《ぼ》れしたのではないかと丸谷さんは書かれている。

民は宣長の二度目の結婚相手になるからだ。

この間の成り行きはやや複雑で、宣長が津に立ち寄った翌年、民は材木商のもとに嫁ぐ。その後、宣長は津に行かず、三年の間、結婚しない。丸谷さんは、

——民さんの面影がちらついて、ほかの女を迎へる気になれなかつたのぢやないか。

（『恋と日本文学と本居宣長』）

と説明されている。

まあ、そうかもしれないが、そうじゃないかもしれない、宣長と民はただの知り合いだっただけなのではとも思えるところだ。

宣長は宝暦十年四月に周囲の勧めで妻を迎えることが決まり、結納をかわす。とこ

ろが、この結納の日から十六日後、民の夫が亡《な》くなる。もう少し待っていればよかった、と宣長が思ったかどうか。

宣長は九月に結婚したばかりの相手との仲がうまくいかず、三カ月後の十二月にはスピード離婚する。

そして翌十一年七月には民に結婚を申し入れ、翌年一月には妻に迎える。

この経過を見ると、なるほど、大野、丸谷説には説得力がある。これも孫引きだが、大野さんは次のように述べておられる。

――それまでの経過を通じて宣長は、恋を失うことがいかに悲しく、行方も知れずわびしいかを知ったでしょう。また、人妻となった女を思い切れず、はらい除《の》け切れない男のさまを、みずから見たでしょう。

この恋の経験こそが、宣長の『源氏物語』研究の素地になったと言われれば納得するほかはない。

宣長は『石上私淑言《いそのかみのささめごと》』で次のように書く。

――道ならぬけさう（懸想）などは、ことに心から深くいましめつゝしむべき事なれども、人みな聖人ならねば、（中略）恋といふものは、あながちに深く思ひかへしても猶《なお》しづめがたく道ならぬ恋は深く戒め、慎むべきだが、ひとは誰しも聖人ではないのだから、恋する思いを鎮《しず》め難いのだ、という。

江戸時代の儒学は聖人の道を範として歩むための学問だが、恋の存在を認め、聖人ではありえない自分を知ったからこそ、後の宣長は生まれたのだろう。

ところで、宣長は結婚の翌年の宝暦十三年には、『源氏物語』を素材とした擬古文小説の『手枕《たまくら》』を著している。

『源氏物語』には光源氏と年上の恋人、六条御息所《ろくじょうのみやすどころ》の出会いが描かれていない。六条御息所は、光源氏への愛に執着して生霊《いきりょう》と化すという、女性の情念の怖さを表す物語の重要人物だけに、光源氏との馴《な》れ初めは知りたいところだ。そこで、『源氏物語』の文体に似せて宣長が二人の馴れ初めを描いたのが『手枕』だ。六条御息所は夫である東宮（皇太子）を失って悲しみにくれる。そこへ帝《みかど》の命により、御息所を慰めに光源氏が訪れるというのが物語の始まり。

光源氏は御息所に魅《ひ》かれ、御息所もまた亡き夫への思いや、年上であることの恥ずかしさから思い惑いつつも、女房たちの手助けでやがて二人は結ばれる。

夫を失った女性との間にやがて恋が生まれるという話には、宣長の結婚の経験がひそかに息づいているのかもしれない。

芹沢鴨《せりざわかも》

京に来て、壬生《みぶ》には何度か行った。中京区の壬生寺の北隣に新撰組《しんせんぐみ》屯所跡がある。ここは浪士たちを世話したことで知られる壬生郷士、八木源之丞《やぎげんのじょう》の屋敷跡だ。

ガイドさんから新撰組の説明を聞き、芹沢鴨が暗殺された部屋を見学した後は、表の茶屋で抹茶《まっちゃ》とお菓子をいただく。そんな時、ダンダラ羽織に袴《はかま》姿の〈歴女〉と思《おぼ》しき若い女性が颯爽《さっそう》と新撰組屯所跡に入っていくのを見たりする。

やや呆然《ぼうぜん》として抹茶を飲みながら考えるのは、芹沢鴨の実像についてだ。

芹沢は元水戸《みと》天狗《てんぐ》党《とう》の尊攘《そんじょう》派の志士で、新撰組筆頭局長となるが、乱暴狼藉《ろうぜき》が絶えず、結局、会津藩の意を受けた近藤勇《こんどういさみ》や土方歳三《ひじかたとしぞう》によって暗殺されてしまう。新撰組のドラマでは常に酒乱の狂暴な男だ。

しかし、それだけの男なのか。疑問がある。

子母澤寛《しもざわかん》によると芹沢は、八木家から借りた火鉢を返した際、火鉢に隊士たちが斬《き》りつけた刀傷があったので問い質《ただ》されると「俺だ、俺だ」と頭をかく愛嬌《あいきょう》があった。また、八木家の娘が夭折《ようせつ》した際には、近藤と帳場に立って葬儀を手伝った。ひとの情を解さない男ではなかった。

芹沢は水戸の郷士の出身で万延元年（一八六〇）、水戸尊攘派の中でも横浜で攘夷《じょうい》を決行しようと玉造《たまつくり》村の文武館（現茨城県行方《なめがた》市玉造）を拠点として集まった「玉造党」に加わったのが尊攘活動のスタートだ。

「玉造党」は攘夷を敢行するため、豪商を巡り、資金集めを行い、乱暴を働いた。水戸藩は不法の者を捕縛した。芹沢も気に入らぬ配下三人を斬ったかどで捕らわれ、入《にゅう》牢《ろう》した。文久二年（一八六二）には、

――斬罪梟首之《ざんざいきょうしゅの》事
として芹沢の死刑が決まった。だが、同年十一月には尊攘派が藩政の要職に復帰、大赦が行われ、芹沢も自由の身になった。

清河八郎の周旋により、江戸で浪士組が結成され、命拾いした芹沢がこれに加わったのは、明けて文久三年二月だ。釈放から二、三カ月後のことになる。

将軍の警護のためと称して上洛した清河八郎は朝廷に上奏文を提出して、浪士組を朝廷の直属にすることに成功すると彼らを率いて江戸に戻ろうとした。

だが芹沢はこれに同調しなかった。おそらく将軍家茂《いえもち》とともに水戸藩主徳川慶篤《とくがわよしあつ》も上洛していたからだ。慶篤に随従して天狗党の藤田小四郎、田中愿蔵《たなかげんぞう》、林五郎三郎など三百余人の水戸尊攘派が京に入っていた。水戸藩士の滞在先は本圀寺《ほんこくじ》だった。このため京の水戸尊攘派は、

——本圀寺党
と名乗った。芹沢は、この本圀寺党と交流があった。

藤田小四郎は京で長州藩の桂小五郎《かつらこごろう》と密談を重ねた。芹沢は本圀寺党を通じて長州尊攘派に通じようとしたのではないか。

浪士組が会津藩お預かりとして発足すると間もなく、芹沢は五月二十五日に同志全員の筆頭として松平容保《まつだいらかたもり》に攘夷実行の上書を提出している。芹沢が目指したのは攘夷の魁《さきがけ》となる新撰組だった。

しかし、八月十八日の政変で長州藩は朝廷から追放された。長州尊攘派は、会津藩と手を握った薩摩《さつま》藩によって足をすくわれた。

政変に際して芹沢は御所の警備のために近藤とともに出動するが、御門を固めていた会津藩士に阻《はば》まれた。このとき、芹沢は会津藩兵が突きつけた槍《やり》を豪胆にも鉄扇で煽《あお》いで嘲笑《ちょうしょう》しながら傲然《ごうぜん》と門を通った。長州藩を追い落とした会津藩への憤懣《ふんまん》が芹沢

にはあったのだ。

長州尊攘派の失墜の影響は芹沢にも及んだ。政変により、本圀寺党の同志たちもあいついで国許《くにもと》に去った。

芹沢は尊攘派が没落した京に取り残された。酒に酔い、遊郭で乱暴を働いた。政変からおよそ、ひと月後、島原の遊郭で酒宴を行い、泥酔した芹沢は、壬生の屯所で愛妾《あいしょう》と寝ていたところを近藤派に襲われ、斬殺された。

翌、元治元年（一八六四）三月二十七日、藤田小四郎たち天狗党は筑波山に挙兵、武田耕雲斎を総大将として京都に上り、尊王攘夷の志を朝廷に訴えようとした。

天狗党は諸藩兵と戦いつつ、京を目指し、十二月に越前に至ったが、ついに力尽きて加賀藩に投降した。武田、藤田ら三百五十二人は敦賀《つるが》で斬罪に処せられた。

天狗党が挙兵して三カ月後の六月、京では近藤が率いる新撰組が池田屋事件を起こし、幕府を守る剣客集団としての性格を露《あら》わにしていた。この時期まで芹沢が生きていれば、上洛を目指す天狗党に京で呼応しようとしただろう。

だが、芹沢は明治維新後、新撰組の物語で近藤や土方の引き立て役にされるだけで、悲劇のうちに倒れた尊攘派の志士として顕彰されることはなかった。

歴史の闇《やみ》に落ちたというべきだろうか。

信長の目

織田信長の悲しい目を見た。

そんなことを、一月（二〇一六）に京都国立博物館で開かれた「特集陳列　刀剣を楽しむ」開催記念トークイベントに参加させていただいたおりに思った。

博物館の刀剣の展示室には若い女性が詰めかけて列をなし、憑《つ》かれたように刀に見入っていた。

わたしは歴史時代小説家としては珍しくミリタリー的なものに関心が薄い方で刀にもさほど興味を抱かない。それだけにこれが噂《うわさ》の〈刀剣女子〉なのかと感心した。

トークイベントでは刀に続いて絵画が語られ、その中で織田信長の肖像画がスクリーンに大きく映し出された。日ごろ、あまり見ないものだった。

博物館の学芸部副部長、山本英男《やまもとひでお》さんの解説によると、大徳寺所蔵の肖像画で天正十二年（一五八四）に行われた信長の三回忌法要で桃山時代の天才絵師、狩野永徳《かのうえいとく》が描いたものだという。

この肖像画の修復の際に、絵の裏側から表面の色に深みを出すための技法として行われる「裏彩色《うらざいしき》」が見つかった、と山本さんは熱を込めて説明した。しかも表の肖像の小袖《こそで》は薄藍色《うすあいいろ》、肩衣《かたぎぬ》と袴は薄茶色という落ち着いた色合いの装束なのに比べて、「裏彩色」は、小袖の左右が薄茶と萌葱色《もえぎいろ》のはなやかなものだった。これは「片身替《かたみが》わり」と呼ばれる当時流行のデザインで、かぶいた身なりを好んだ信長らしいものだ。

おそらく、いったん「片身替わり」の衣裳の肖像画が描かれながら土壇場で地味なものに差し替えられたのだ。もし、そうだとすると「描き直しを命じたのは豊臣秀吉以外には考えられない」と山本さんは指摘する。

秀吉は信長の一周忌法要の施主を務めたが、三回忌法要のころは徳川家康らとの小《こ》牧長久手《まきながくて》の戦いで多忙だったため、信長の側室だったお鍋《なべ》の方が施主を代行したかもしれない。それでも、肖像画の描き直しは、秀吉の意向を忖度《そんたく》して行われたことは間違いないだろう。

なぜ差し替えは行われたのか。

派手な装束が地味なものに変わったのは、魔王のように恐ろしかった信長に対する秀吉のコンプレックスによるものなのか。あるいは新たな天下人としてかつての権力者、信長の印象を穏やかな過去のひとにしてしまいたいという政治感覚によるとも考えられる。

山本さんの話を聞きながら映し出された肖像画を見ていると、信長が悲しそうな目をしているように思われてきた。

信長の死後、天下は秀吉の物となり、信長の遺児たちは、秀吉に殺されるか、膝《ひざ》を屈して保身を図ることになる。

織田家の輝きは秀吉によってかき消された。肖像画の信長は、そんな織田家の行く末を見つめているかのようだ。

(しかし、これは信長の目なのだろうか)

壇上でトークに加わりながら、そんな思いが湧《わ》いた。

たとえば写真には撮ったひとの心が表れる。だから男女に拘《かかわ》らず、恋人が撮ってくれた写真が最も美しい。それが肖像画ならなおさらのことだ。

織田家の衰亡を悲しむかのような目は描いた絵師、永徳の心の表れではないか。

永徳は足利《あしかが》幕府御用絵師、狩野派の総師《そうすい》だったが、信長との出会いによってその才能が磨かれた。

安土城の障壁画をまかされ、専制君主の信長の意に沿う絵が描けるかどうか、命がけで取り組むことで天才性を発揮していった。

信長の持つ鮮烈な美意識は永徳を刺激したとも思える。そんな永徳にとって信長の死は衝撃であり、絵師としても痛手だったはずだ。

その後、永徳は新たな天下人である秀吉の命によって絵を描き続ける。

絵は秀吉の好みを反映して豪壮になり、ひたすら巨大なものを目指す秀吉らしさにあふれたものになっていった。中でも傑作の「檜図《ひのきず》」は、

――怪々奇々
と言われる独特の迫力を持つ絵だった。そんな永徳は天正十八年に四十八歳で死ぬ。死の直前まで描き続けての過労死だと言われる。それは秀吉の注文に応《こた》えるためだったが、ワーカホリックだった可能性もある。

自分に鞭打《むちう》つようにして仕事に没頭するひとは胸に鬱屈《うっくつ》を抱えている。何かへの憤《いきどお》りから仕事に打ち込むのだ。

永徳には、信長がいない世への失望と同時に織田家の天下を簒奪《さんだつ》した秀吉への憤激があったのではないか。

秀吉始め、諸大名、寺社からの過酷なほどの発注に「負けてなるものか」と立ち向

かっていったのは、「信長の絵師」としての誇りであっただろう。

永徳の早逝《そうせい》は、信長への壮烈な殉死だったとすると、信長の肖像画が悲しげに見つめていたのは永徳だったかもしれない。

斎王代《さいおうだい》

正月のことだが、煎茶《せんちゃ》の会に行く機会があった。

煎茶についての思い出は以前、エッセイに書いたことがある。

二十数年前、思わず悲鳴をあげそうになるほど辛《つら》く苦しい時期があった。そのことを知ったのか、あるひとが煎茶の屋外での茶会に呼んでくれた。

気分を変えてはどうかということだったのだろう。出かけて、茶席に座った。

よく晴れた日で青空が広がっていた。間もなく煎茶が出された。飲みながらふとまわりに目を遣《や》ると白いモクレンが咲いているのが見えた。いつのまにか鬱々とした思いが晴れ、胸の中に清涼感が漂っていた。

そのことを知っていたのかどうか。親しい新聞記者のYさんが京都北区の三清庵小川後楽堂で催された小川流煎茶の初煮会《はつにかい》に誘ってくれた。広間の床には山階宮晃親王《やましなのみやあきらしんのう》の「清神茗一杯《せいしんめいいっぱい》」の軸が掛けられ、小川可楽家元嗣《いえもとし》による新年のあいさつの後、煎茶手前で滴々の茶をいれた。初めてのことで何もわからなかったが、緊張のためかひどくのどが渇いて、咳《せき》が出た。

十数人の客が正座して、しんと静まり返った中で家元嗣の鮮やかな所作を見つめている。そこで急に咳こんだ。まわりの方に耳障《みみざわ》りだ。困ったな、と思って早く茶が飲みたかった。

待つほどに茶碗がまわってきたが、のぞいて、びっくりした。

お茶が入っていない。どうしたものか、と思ったが、隣のYさんは平然と茶碗を口に運んでいる。

よく見ると茶碗の底にお茶が一滴あるようだ。

(これを飲むのか)

とてものどの渇きは癒《いや》せないな、と思いながら飲んでみると、

——甘露
驚くほど、薫り高く味わいが深い。のどの渇きも一滴なのにおさまっていた。驚いていると家元嗣が客と会話をしていて、ふと、客のひとりである若い女性を、

「おとどしのサイオウダイです」

と紹介された。席に座ったときから、ひと目を引く、女優さんかと思うほど、きれ

いな女性だった。

すると、一座のひとたちが、サイオウダイ、サイオウダイ、と口にしてざわめいた。わたしがサイオウダイとは何なのかわからず、呆然としているとYさんが、

「葵祭《あおいまつり》の斎王代です」

と教えてくれた。

斎王代とは斎王の代理という意味だ。斎王は、「いつきのひめみこ」ともいう。飛鳥《あすか》時代から伊勢《いせ》神宮などに巫女《みこ》として奉仕した未婚の内親王または女王のことだ。

京都三大祭のひとつ、葵祭では、新緑の五月、藤の花で飾られた牛車《ぎっしゃ》や輿《こし》に乗ったおすべらかしの髪、十二単《じゅうにひとえ》のはなやかな斎王代を中心にした行列が、御所を出て下鴨《しもがも》神社から上賀茂《かみがも》神社を巡幸して平安の雅《みやび》を再現する。

毎年、京都ゆかりの未婚女性が推薦で斎王代に選ばれる。もっとも斎王代になると莫大《ばくだい》な費用がかかり、家格も求められることから、誰でもなれるものではなく、それだけに名誉なのだ。

煎茶の会におられた女性は京菓子の老舗《しにせ》のお嬢様らしい。

ところで神に仕える斎王にロマンチックな夢を見るひとは昔から多いらしく、しばしば王朝文学にも登場した。よく知られているのは、『伊勢物語』だ。

「斎宮なりける人」のもとに勅命により、「狩の使」の男が遣わされ、ふたりの間に恋心が芽生える。

ふたりは深夜に密会するが、何も話さず、女は去っていく。男が悲しんでいると、女から和歌が届く。

——君や来《こ》し我や行きけむ おもほえず夢かうつつか寝てかさめてか
昨夜、逢《あ》ったのは夢だったのか、それとも現実だったのでしょうか、という和歌を詠んで、男は泣き、返歌を贈る。

——かきくらす心の闇にまどひにき夢うつつとはこよひさだめよ
今宵こそ、夢なのか現実なのかを確かめたいと男は望んだ。しかし、男は伊勢国の国司が開いた宴に招かれて、再び女に逢うことはできなかった。

この斎王は、恬子《やすこ》内親王、男は在原業平《ありわらのなりひら》ではないかと古来、言われている。

実際にそうだったのかは昔のことだけに確かめるすべもない。ただ、在原業平との恋に悩んだ斎王のことを考えていると、不意に青空に映える白いモクレンがわたしの脳裏に浮かんだのが不思議だった。

殉教

近頃、ふと豊臣秀吉のキリシタン弾圧により、長崎の西坂《にしざか》で処刑された外国人宣教師や日本人のキリシタンたち二十六聖人の殉教のことを考えてしまう。

なぜかと言えば、今年（二〇一六）が作家遠藤周作の没後二十年にあたるからだ。

日本に潜入した外国人神父ロドリゴの「転び」を描いた遠藤の『沈黙』には深い衝撃を受けた。それは、自分が棄教《ききょう》（転向といってもいい）を迫られたらどうするだろう、という思いがあったためだ。学生のころだけに、勇気をもって、自らを曲げずに生きたいと思った。だが、同時に、いや、簡単に負けてしまうだろう。自分はそんなに強い人間ではない。むしろ「弱い」という自覚があった。

実際、還暦すぎまで生きてみれば、自らを貫き通した強さより、見苦しく「弱さ」を露呈してしまった過去の多さに胸苦しくなるほどだ。

遠藤の作品には、そんな人間の弱さに悶《もだ》え、苦しみ、そしてなお直視して逃げないところがある。

いまではひとの強さとは、自らの「弱さ」を見つめてたじろがぬところだ、と思うようになった。

キリシタンの殉教の話にわれわれがしばし考え込んでしまうのは、そんな自分の「弱さ」のためなのだろう。ところで二十六聖人の処刑がなぜ長崎で行われたのだろうか。

江戸時代初期、京都一条油小路《あぶらこうじ》と堀川のあたりに、〈だいうす町《ちょう》〉すなわちデウスの町というキリシタン居住区があった。

このあたりは京都奉行前田玄以の一族の前田慶友が住んでいた。慶友はキリシタンだったため、封禄《ほうろく》も位階も没収され、家族とともにここに移った。

やがてキリシタンの武士や工匠たちが住むようになり、〈だいうす町〉となったのだ。

慶長十七年（一六一二）、徳川幕府はキリシタン禁令を発布した。京都所司代板倉《いたくら》勝重《かつしげ》はキリシタンに好意的だったとされるが、将軍徳川秀忠《ひでただ》が強硬だったため、キリシタン取締りに力を入れざるを得なくなった。

こうして〈だいうす町〉のキリシタンたちの家に京都所司代の下役が踏み込んで、

家に聖画像を飾っていたキリシタンたちを捕縛した。入牢者は六十三人におよび、このうち八人が牢内で死んだ。

悲劇はこれに留まらなかった。ちょうど伏見にいた秀忠の命により、鴨川六条河原に二十七本の磔柱《はりつけばしら》が立てられ、一本にふたりを結びつけるなどして五十二人が火あぶりに処せられた。この「京都の大殉教」の二十二年前の慶長元年十二月十九日に長崎の西坂で二十六聖人が処刑された。彼らは京都や大坂などで捕えられたのに、なぜ二百里離れた長崎まで送られたのだろうか。

豊臣秀吉は天正十五年（一五八七）にイエズス会の宣教師たちの国外追放を命じた。だが、その後も宣教師たちは国内に潜伏し布教を続けていた。

秀吉はキリシタンを禁じたいと思ったが、南蛮との交易をやめるつもりはなかった。このため、宣教師の取締りも形式的なところがあった。しかし文禄二年（一五九三）からはフランシスコ会がフィリピン総督から遣わされるようになった。

フランシスコ会はわが国では言わば新参者で布教活動が許されているものと思い込み、長崎や大坂、京都などで教会を設け布教を始めた。

しかも文禄五年、スペイン船サン・フェリペ号が土佐の浦戸に漂着したが、その乗組員は、積荷を没収されたことに腹を立て、取り調べの役人に世界地図を見せるとスペイン国王はキリスト教の布教を手段として世界各地を征服すると傲然と告げた。

奉行からこの報告を聞いた秀吉は、激怒して京、大坂のキリシタンを捕縛させ素足で長崎まで歩かせて西坂の丘で磔刑《たっけい》に処した。

何のためかと言えば、見せしめだろうが、一方で長旅の間にキリシタンの心を挫《くじ》きたいという腹づもりがあったはずだ。言うならば、「弱さ」を露呈させたかったのだ。遠藤周作の『沈黙』もまた同じテーマである。

だが、フランシスコ会のペドロ・バプチスタら六人とイエズス会のパウロ三木ら三人の修道士、および日本人信徒十七人は決して棄教しなかった。

京都に仕事場を持って以来、わたしは新幹線で九州と京都を往《い》ったり来たりしている。車窓から眺めていると雪が舞う中を十二歳の少年ルドビコ茨木も含む一行が素足で黙々と歩む姿が浮かんでくる。

捕えられ、死地へと向かう者たちの胸には「強さ」があったことは疑えないが、わたしには同じだけの「弱さ」をも含んでいたのではないか、と思えて仕方がないのだ。

だからこそ、殉教のことを考えてしまう。

「画人」武蔵《むさし》

——武蔵は、画家ではないが、画人ではあった。

作家吉川英治は『随筆宮本武蔵』でこう書いている。

画家と画人の違いは、わたしにはよくわからないが、職業画家と芸術家の違いというこのなのだろうか。

巌流島《がんりゅうじま》で佐々木小次郎を破った剣豪宮本武蔵は卓抜した絵を描く素養があったことはよく知られている。

有名な「枯木鳴鵙図《こぼくめいげきず》」はわたしも好きだ。

画面の真ん中に立つ細い枯木に一羽の鵙《もず》が止まり厳しい目つきで前方を見据えている。枯木の中ほどをゆっくりと尺取虫が這《は》い上がっている。

尺取り虫は一瞬で鵙に食われるだろう、という緊迫した場面である。鵙は強者を表し、尺取虫は弱者そのものかもしれない。生と死を分かつ運命的なものとは何なのかを考えさせる独特の精神性を感じさせる絵だ。

江戸時代の尾張出身の文人絵師、中林竹洞が著した『画道金剛杵《こんごうしょ》』では絵師を「上上品《ぼん》」から「下下品」まで九段階に分けて評価したがこの中で武蔵を、

――気象を以《もっ》て勝る者なり
と評して「中下品」としている。これは海北友松《かいほうゆうしょう》の下、円山応挙や久隅守景《くすみもりかげ》より上、という位置だ。

同じ江戸時代の絵師、白井華陽《しらいかよう》も『画乗要略』で、

――宮本武蔵、撃剣ヲ善クス。世ニ所謂《いわゆる》二刀流ノ祖ナリ。平安ノ東寺観智院ニソノ画ケル山水人物アリ。海北氏ニ法《のっと》リ気豪力沈。

としている。海北氏とは友松のことだ。また『近世逸人画史』には、

――宮本武蔵ハ肥州小笠原侯ノ臣ナリ。剣法ノ名尤《もっとも》高シ。画事ノ事ハタエテ人知ラズ。ソノ画風、長谷川家ニ出ヅ。

とある。画風は海北友松に類似するが、絵の深遠さにおいては「松林図」の長谷川《はせがわ》等伯《とうはく》に通じるものがあると感じさせるのだろう。

武蔵は播磨《はりま》の田原家貞の次男として生まれ、豪族赤松氏の流れを汲《く》む新免氏の子孫である宮本無二の養子となったとされるが定説はなく、出身地についても播磨説のほ

か、美作《みまさか》説がある。いずれにしても武蔵は青年時代、武者修行の遊歴をしていた。この際に寺院に立ち寄り、一夜の宿を求めたことは考えられる。特に京の剣術の名門、吉岡道場に試合を挑んだころの武蔵は、京の寺に仮寓《かぐう》し、南宋《なんそう》の画家、梁楷《りょうかい》あるいは牧谿《もっけい》など、寺院に伝えられた中国画を見て学んでいたかもしれない。

そんな武蔵がもし、実際に会って学んだとすれば、やはり海北友松だろう。

海北氏は、近江《おうみ》の浅井《あざい》長政《ながまさ》に仕えた武家だった。

織田信長によって浅井家が亡ぼされたとき、海北氏の一族も滅亡した。だが、友松は幼いころから京の東福寺に喝食《かつじき》として預けられていたために生きのびたという。

その後、還俗《げんぞく》して狩野派の絵師となったが海北家の再興を目指した。

そんな友松には武人としての面影を彷彿《ほうふつ》とさせるエピソードがある。

天正十年（一五八二）の山崎の戦いにおいて羽柴秀吉に敗れた明智《あけち》光秀《みつひで》の重臣で、かねてから親交の厚かった斎藤利三《さいとうとしみつ》が近江国の堅田《かたた》で捕らわれた。利三は京に送られ、六条河原で斬首された。

このとき、友松は槍を携えて刑場に現れた。呆気《あっけ》にとられる役人たちを尻目《しりめ》に、利三の遺骸《いがい》を奪って堂々と去っていったというのだ。友人で真如堂《しんにょどう》の住職であった東陽坊長盛も友松を助け、利三の遺骸は真如堂に葬《ほうむ》られたという。

この話が真実だとすれば剣豪武蔵の師にふさわしい武人絵師ではないか。

武蔵の『五輪書』には、

――我三十《みそじ》を越て跡を思ひ見るに、兵法至極して勝つにはあらず。をのづから道の器用有りて天理をはなれざる故《ゆえ》か。（中略）其後《そのご》尚《なお》も深き道理を得んと朝鍛夕練《ちょうたんせきれん》して……

とある。三十歳を過ぎたころ、武蔵は自らの過去を振り返り「尚も深き道理」を得ようとするようになった。

実際、慶長二十年（一六一五）、三十二歳のとき、大坂夏の陣に参陣したと伝えられた後、寛永十四年（一六三七）に五十四歳で島原の乱へ参戦するまで武蔵の消息は途絶える。「それからの武蔵」に何があったのか。ちなみに海北友松の没年は慶長二十年である。

大坂で風雲急を告げるころ、京の友松のもとで絵筆をとる武蔵を想像してみるのも楽しいと思うのだが、どうだろうか。そのとき、描かれていたのは、老巧な徳川家康が鵙のごとく、尺取虫のような若き豊臣秀頼《とよとみひでより》を狙《ねら》う「枯木鳴鵙図」だったかもしれない。

赤穂《あこう》浪士と『葉隠《はがくれ》』

佐賀藩士、山本神右衛門常朝《やまもとじんえもんつねとも》が京都役として赴任したのは元禄九年（一六九六）のことだった。

佐賀藩主鍋島光茂《なべしまみつしげ》は和歌への造詣《ぞうけい》が深く、〈古今伝授〉を三条西実教《さんじょうにしさねのり》から伝授されることを望んでおり、神右衛門はその取次ぎを命じられたのだ。

〈古今伝授〉とは古今和歌集の語句の解釈を秘伝として師から弟子に伝えるもので、東常縁《とうのつねより》から宗祇《そうぎ》に伝えられたのが始まりとされる。和歌を学ぶ者にとって〈古今伝授〉を得ることは最高の名誉だけに光茂は熱望していたのだ。

神右衛門は元禄十三年、ようやくこれを受けて佐賀へ戻った。このとき、重病の床にあった光茂の枕頭《ちんとう》に届けて喜ばせ、神右衛門は面目をほどこした。

光茂の没後、このころ佐賀藩では殉死を禁じていたため、神右衛門は出家して北山《きたやま》黒土原《くろつちばる》に庵《いおり》を結んで隠遁《いんとん》した。四十二歳だった。

十年後、五十二歳になった神右衛門のもとを佐賀藩の元祐筆役《ゆうひつ》、田代陣基《たしろつらもと》が訪れ、神右衛門が語ったことを筆録してまとめたのが、

――武士道と云ふは死ぬ事と見付けたり
の言葉で有名な武士の倫理と美学を伝える書として知られる、

――『葉隠』

である。

ところで神右衛門が京都にいたころ、播州《ばんしゅう》赤穂藩の京都留守居役として小野寺十内《おのでらじゅうない》という人物がいた。

百五十石の身分で、元禄七年に京都留守居役を拝命してから京都住まいを続けていた。京で伊藤仁斎に儒学を学ぶとともに、妻の丹《たん》とともに歌人、金勝慶安《こんぜけいあん》に師事した。十内は和歌では赤穂随一とも言われるほどだった。京都留守居役は朝廷をめぐる情報を収集するのが役目であり、佐賀藩主が〈古今伝授〉を得ようとしているという話は耳にしただろう。あるいは、三条西家に出入りして、神右衛門とすれ違うこともあったかもしれない。

神右衛門が佐賀に戻って隠棲《いんせい》した二年後の元禄十五年十二月十四日に、赤穂浪士が吉良《きら》邸へ討ち入って仇討《あだうち》を果たした。浪士の中に小野寺十内の名もあった。

伊藤仁斎の嫡男《ちゃくなん》、東涯は知人への手紙で十内について、
――かねて好人とは存候《ぞんじそうら》へども、か様ほどの義者に御座候とは思ひかけず候
と書いている。
十内は主君浅野《あさの》内匠頭《たくみのかみ》が切腹したという報が伝わるや、京から赤穂に駆けつけた。このとき、彼は藩士一同で幕府に殉死嘆願するつもりだった。このため、丹への遺言状で、
――武士の義理に命を捨つる道、是非に及び申さず候、合点して深く嘆き給《たま》ふべからず
と覚悟を示している。
だが、十内は武士道の塊で情を知らなかったわけではない。討ち入りのため江戸に出ると、丹の病を気遣う手紙を送っている。
――そもじ以前の如《ごと》くに左の胸の下痛みて、左を敷きては寝ることならず、脈もつかれたるとて（中略）よくよく薬のみ申さるべく候。心からいから衰へ申さるべく候と推もじ致し候、ひとしお痛はしく思ふ計《ばかり》にて候
左の胸の下が痛んで寝ることもできない、というのはおそらく丹は心臓が悪かったのではあるまいか。

遺言状とは一転して、丹を案じ、心を痛めているのだ。十内は討ち入りまで丹と和歌のやり取りをした。丹が送ってきた、

筆の跡みるに涙のしぐれきて　いひかわすべき言の葉もなし

という和歌を彼は良い歌だと褒めた。討ち入りの後、細川家にお預けになると、十内はこの歌を何度も吟詠して細川家中の涙を誘ったという。丹は四十九日の法要を終えると、自ら命を絶って十内の後を追った。

神右衛門こと、山本常朝は小野寺夫妻も京都にいたことを知っていただろうか。

『葉隠』では赤穂浪士の討ち入りについて、

――浅野殿浪人夜討ちも泉岳寺にて腹切らぬが落度也《なり》。又、主を討たせて敵を討つこと延延也。若《も》し其中に吉良殿病死の時は残念千万也
としている。赤穂浪士の仇討も、泉岳寺で腹を切らなかったのが落度だ、さらに主君が死んで、敵を討つまでのあいだが長すぎる、というのだ。

京都で傍らを通り過ぎた穏やかな風貌《ふうぼう》の小野寺十内のことを思い出したとしたら、山本常朝はこのような批判はしなかったかもしれない。

悪党正成《まさしげ》

こんな法則があるのではないだろうか。

戦争ではなやかな勝利をあげて、京に乗り込み、しかも、あっけなく敗亡した武将は人気が高い。

木曾《きそ》義仲《よしなか》、源《みなもとの》義経《よしつね》、楠木《くすのき》正成、みんなそうだ。戦争のヒーローでありながら、権力者になることなく亡《ほろ》びたため、庶民にとって感情移入しやすいのかもしれない。

義仲を敬愛していた俳人の松尾《まつお》芭蕉《ばしょう》は近江の義仲寺《ぎちゅうじ》（滋賀県大津市）に度々滞在しており、大坂で亡《な》くなった後、

——骸《から》は木曾塚に送るべし
との遺志により義仲の墓の横に葬られた。芭蕉の弟子、又玄《ゆうげん》の句、

木曾殿と背中合わせの寒さかな
は有名だ。また、義経は能や歌舞伎《かぶき》の題材となった。能の「安宅《あたか》」、「船弁慶」、歌舞伎の「義経千本桜」、「勧進帳」など、いずれも人気の演目だ。

しかし、こうして見ると、義仲、義経と楠木正成では少し事情が違う。正成が人気を呼んだのは幕末、尊王思想が高まったときに、天皇のために幕府と戦った忠臣としてだ。

義仲や義経は源氏の宿敵である平家を打ち破って鎌倉幕府の成立に貢献している。さらに敗亡したことで鎌倉幕府の正当性を証明する存在でもあった。

それに比べると正成は幕府を倒した武将であって、江戸時代には危険人物だったとも言える。

そんな正成を史上、初めて顕彰したのは水戸黄門として知られる徳川光圀《とくがわみつくに》である。光圀は自決の場所とされるあたりに、

——嗚呼《ああ》忠臣楠子《なんし》之墓
という墓碑を建てた。

また、幕末になると水戸の会沢正志斎《あいざわせいしさい》や久留米《くるめ》の祀官《しかん》真木和泉《まきいずみ》は、楠木正成たち南朝の忠臣を顕彰することを主張した。

徳川家の御三家のひとつでありながら、将軍綱吉が発した生類憐《あわれ》みの令にたいして批判的な態度をとるなど、幕府に対する自己主張が強かった光圀や後の勤王の志士たちが武家政権にとって反体制派の正成を称賛したのは、当然なのだ。

正成はどのような武将であったかというと河内《かわち》国南部水分《みくまり》川流域の赤坂（現大阪府南河内郡千早赤阪村）に居館があった。

鎌倉御家人《ごけにん》ではなく鉱山業者か物資輸送業者（散所《さんじょ》）を従えた武士だったのではないかとも言われる。

鎌倉時代の中期以降、荘園《しょうえん》領主の支配に反撥《はんぱつ》する鎌倉御家人や寺僧などが結束して反抗することがあった。これらの集団を当時、

——悪党
と呼んだ。正成も悪党のひとりだったろう。ということは、もともと武家政権にとって反体制派だったのだ。

鎌倉幕府が崩壊すると正成は後醍醐《ごだいご》天皇の京都還幸の前駆となって入京した。

この時が正成の絶頂期だった。

建武政権から足利尊氏《あしかがたかうじ》が離反しても正成はあくまで朝廷に与《くみ》し、摂津《せっつ》で尊氏を迎え撃ち、激烈な戦いの後、湊川《みなとがわ》（現神戸市中央区）において弟正季《まさすえ》ら一族郎等とともに自害して果てる。

正季は七度、生まれ変わっても天皇のために戦うと言ったとされるから、正成は武家政権にとっては、

――夢魔
のごとき存在だったのではないか。

ところで足利尊氏と後醍醐天皇の対立は、南北朝の時代につながり、天皇の系統がふたつに別れた。

後醍醐天皇系の南朝が解消する形で南北朝は合一されたが、その後の天皇は北朝系ということになる。

南朝の忠臣であった正成を称揚することは、一面では朝廷へのけん制ともなり得た。

さらに正成は九州に落ちのびた足利尊氏が勢力を盛り返し、東上してくると予想して、朝廷に尊氏と和睦《わぼく》すべきだ、と奏上したとされる。

頑迷な公家《くげ》たちがこれを受け入れなかったため、正成は討ち死にし、建武政府は打倒された。

後醍醐天皇が足利尊氏への対応を誤ったのに比べ、正成は現実的で軍略において才能の片鱗《へんりん》を見せたことで、武士の存在感を示したとも言える。

明治維新の王政復古により、本来なら公家たちが政治の主導権を握るはずだったのだが、そうはならなかった。

幕末の志士が楠木正成の称揚に努めたのは、建武の新政で武士の活用を誤ったことを朝廷に思い起こさせようとしたからではないか。

だからこそ薩摩《さつま》や長州出身の武士たちが主導する国造りが行われた。忠臣、楠木正成の存在があったからだ。

ひとり酔い

恐ろしく不愛想なバーに入ってしまった。

京都のバーを少しまわってみようと思って、有名作家のなじみの店が載っている本をぱらぱらとめくった。

どなたの本かは、あえて書かないけれど、『○○と歩く京』というようなタイトルの本だ。

もっとも、大先輩作家なので、その方が行かれた店がいまもあるかどうか、さだかではなかった。

それでも紹介されている店をいくつか物色して、まず堺町通《さかいまちどおり》三条下ル道祐町《どうゆうちょう》のイノダコーヒ本店に行った。

雰囲気のいいお店でコーヒーがとても美味《おい》しい。文庫本などを読んでいると、とても楽しい。少し学生時代の気分に戻った。

寺山修司の短歌を文庫で読む。
マッチ擦るつかのま海に霧ふかし身捨つるほどの祖国はありや
あまりに当たり前すぎるだろうか。喫茶店にふさわしく、
ふるさとの訛《なま》りなくせし友といてモカ珈琲《コーヒー》はかくまで苦し
というのもある。
有名すぎるかもしれないが、意外に京都には合うのではないかと思うのが、
大工町寺町米町仏町老母買ふ町あらずやつばめよ
という短歌だ。
などとぐずぐずしているのは、イノダコーヒを出てぶらぶら行ったバーについてあまり書くことがないからだ。

すでに夜になっていた。

ほぼカウンターだけの店だ。古い店だけに昭和の感じがあって雰囲気はいい。常連なのだろうか、二人連れの先客がいる。

中年の会社員風だ。堅実な店のような気がする。

座ってワイルドターキーの水割りを頼んだが、マスターは不機嫌なわけではないものの、なぜか遠い世界にいるひとのように感じる。

勇気を出して、話しかけてみるのだが、返ってくる言葉が恐ろしく短い。

二文字か精々、五文字ぐらいだ。「はい」「いいえ」「まだ」「そうですか」。人間の会話というのは、文字数で数えるものなのだろうか。マスターは言葉をかわすのが嫌いなのだろう。すぐに奥に引っ込んだ。

といってもカウンターの内側の端だから、顔を上げればすぐに目があってしまう。

「もう一杯、同じものを」

なぜ、声がかすれるのだろう。わたしは何か悪いことをしたのだろうか。

しかたがないので、無理やり用事を思い出して編集者に携帯でメールを打った。そんな用事はすぐに終わる。

そのとき、店を出ればいいだけのことだ、と思ったのだが、ちょうど、先客の二人連れが出ていくところだった。

支払いをしようとした客が「ずいぶん高いな」と言い出した。わたしはもめないで欲しいと思ってうつむく。マスターは氷柱《つらら》の様につめたく無表情だ。

こういうひとのことを誰かの小説で読んだことがある気がする。小林信彦さんの『夢の砦《とりで》』ではなかったか。偏屈で悪意の塊の先輩編集者の〈ゴム仮面〉。あんな感じだ。

先客は冗談交じりの皮肉で「高い」と主張しているのだがマスターの表情はぴくりとも動かず、別世界の話を聞いているような顔だ。

ゴム仮面に限らず、悪意のあるひとというのは、決して自分の得にならない、とわかっているのに、他人に悪意をぶつけて快とするところがある。

当然、反撃も受けるし、それでわが身が亡ぶかもしれないのだが、悪意を示し続ける。あのニヒリズムはどこから来ているのだろう、などと考えている間に、先客は出ていき、ひとりだけ店に残されてしまった。

まだ、二杯しか飲んでいない。三杯は飲まないといけないのではないか。

本で覚えたカクテルの名前を口にした。

「ドライマティーニを」

カクテルが出てくる。しかし、知識がないから何とも言えないが、これはドライマティーニなのだろうか。映画などではカクテルグラスで出てくるのではなかったか。だが、目の前にあるのは水道水を入れるのに適したようなコップで中に冷凍庫でよく作るようなサイコロ状の四角い氷が入っている。オリーブも浮かんでいる。

昔の西部劇に出てくるようなコップだな。オレはバット・マスターソンか、ワイアット・アープか、ドク・ホリディかなどと知っている限りの名を独《ひと》り言《ご》ちながら、ようやく店を出た。

薄紫の空に三日月が出ていた。「腰の拳銃《けんじゅう》は伊達《だて》じゃないぞ」虚《むな》しくつぶやきながら、ほかの店を探した。

酔わないではいられなかった。

合歓《ねむ》の花

江戸時代の詩人、学者として知られる頼山陽《らいさんよう》が広島から京に出てきたのは、文化八年（一八一一）、三十二歳の時だった。

山陽は儒学者頼春水《しゅんすい》の子で、少年のころから詩文の才を現したが不羈《ふき》奔放な性格だった。さしたる理由もなく脱藩して広島の家で座敷牢に幽閉されて、廃嫡《はいちゃく》となった。

幽閉を解かれた後、備後《びんご》の儒学者で詩人の菅茶山《かんさざん》の塾に入り、塾頭を務めたが、茶山との間もうまくいかず、大坂に出て、さらに上京したのだ。

山陽は京で塾などを開いて生計を立てるとともに数度にわたって転居を繰り返した。

文政五年（一八二二）、ようやく六度目の引っ越しで鴨川を東に望む三本木の地に住んだ。山陽は屋敷を、

——水西荘《すいせいそう》
と名付け、さらに書斎兼茶室を建てると、

――山紫《さんし》水明処《すいめいしょ》
と称した。京に住んだ山陽はしばしば諸国を遊歴し、詩作した。絢爛《けんらん》、雄渾《ゆうこん》な詩文で名を高め、武田信玄と上杉謙信の川中島の戦いを詠《うた》った、
鞭声《べんせい》粛粛《しゅくしゅく》夜河を過《わた》る
暁《あかつき》に見る千兵の大牙《たいが》を擁するを
遺恨十年一剣を磨き
流星光底長蛇を逸す
という詩は人口に膾炙《かいしゃ》した。だが、山陽が後世に大きな影響を及ぼしたのは、何といっても、『日本外史』の執筆によってだ。
江戸時代、幕府が、歴史意識の強い朱子学を官学としたことから、日本史への関心が高まった。
本居宣長らの〈国学〉が起こり、水戸藩主、水戸光圀は『大日本史』の編纂《へんさん》に着手した。
山陽の『日本外史』は、司馬遷《しばせん》の『史記』にならって源平両氏から徳川氏に至る通

史を漢文体で記述した。山陽にとってのライフワークであり、生前から写本として流《る》布《ふ》し、没後に刊行されると空前の大ベストセラーとなった。

これが、現代にいたるまでの日本史ブームの原点だ。しかし、『史記』を範としている『日本外史』だが、易姓《えきせい》革命により、古代から王朝の興廃を見続け、さらに元《げん》や清《しん》などの遊牧民族の支配を受けてきた中国での歴史の根底には非情なまでに乾燥した過酷なリアリズムがある。

一方、王朝としての天皇家が連綿と続く中で、武家の権力者が交代した日本の歴史は、いわば「家譜《かふ》」の集合体であり、国というパブリックな意識は薄かったのではないか。また、長幼の別、君臣の別、華夷《かい》の別を重んじる朱子学の大義名分論が盛んになると道徳、あるいは思想の湿気を含んだものとして歴史はとらえられた。

だからこそ第二次大戦での敗戦により、それまでの歴史観が通用しなくなると、司《し》馬遼太郎《ばりょうたろう》のいわゆる〈司馬史観〉が持つ、明るく、能動的で希望に満ちたリアリズムが受け入れられたのかもしれない。

などと思うのだが、さて、京の山陽のもとには、当時の名だたる文化人が訪れた。

その中に女流詩人の江馬細香《えまさいこう》もいた。

細香は美濃大垣《みのおおがき》藩の藩医江馬蘭斎《らんさい》の長女で才色兼備の人だった。

山陽は蘭斎を訪ねたおりに細香を知り、妻に望んだが、山陽の放蕩《ほうとう》な暮らしぶりを耳にしていた蘭斎は許さなかった。

細香は、ひそかに山陽を慕っており、何とか山陽の妻になりたいと上京した。だが、その時には山陽は、ひとの世話で梨影《りえ》という妻をもらい受けていた。

このため細香は山陽の門弟として一生を独身で過ごした。

細香に「夏夜《かや》」と題する漢詩がある。

雨晴れて庭上竹風《ていじょうちくふう》多し
新月眉《まゆ》の如く纎影斜《せんえいなな》めなり
深夜涼を貪《むさぼ》て窓掩《おお》はず
暗香枕《あんこうちん》に和す合歓花《ごうかんか》

雨があがり、庭の竹藪《たけやぶ》を風が吹き抜ける。眉のような三日月が上り、竹の影も傾いてきた。深夜、涼をとろうと窓を開け放しているからか、合歓の花のほのかな香が枕《まくら》に漂ってくる、という詩だ。

新月のような眉は女性を連想させる。「暗香」は闇《やみ》に漂うかすかな匂《にお》いを表す。枕に和す合歓花とは男女の交情を思わせる言葉でもある。女性らしい艶《つや》めきを漂わせている。

この詩を紹介したのは、山陽と細香の恋愛を語るためではなく、詩人の山陽が著した『日本外史』の芯《しん》には、案外、このような情緒が秘められていたのではないかと思うからだ。

詩において大義名分は時に情緒を際立《きわだ》たせるための「枷《かせ》」の役割を果たす。もしかすると幕末の志士たちは、詩人が描いた情緒の歴史に酔ったのかもしれない。

山陽は、天保《てんぽう》三年（一八三二）九月二十三日に五十三歳で没した。京都、東山の長楽寺に葬られている。

京の川中島合戦

武田信玄と上杉謙信が戦った「川中島の戦い」のことを考える時、「なぜ、この合戦は有名なのだろう」と不思議に思う。

長篠《ながしの》の戦いや山崎の戦い、関ヶ原合戦など、織田信長、豊臣秀吉、徳川家康が天下取りを目指した合戦はその後の歴史の行方を決めるもので、言うなれば天下統一へのトーナメント戦として位置づけられる。

その勝敗は全国的に影響があったから関心を呼ぶのは当然だろう。だが、川中島の戦いは、言うなれば地方大会での名勝負だ。関心を抱くのは、地方の関係者だけだったのではないか。

そんな武田と上杉の合戦が有名になった理由として江戸時代になってからの軍学の流行がある。信玄の寵臣《ちょうしん》、高坂弾正昌信《こうさかだんじょうまさのぶ》の言を甲州流軍学者の小幡景憲《おばたかげのり》が編纂したとされる『甲陽軍鑑《こうようぐんかん》』の川中島合戦が、戦術の教科書として読まれ、軍記物として流布したのだ。

しかし、川中島合戦が実際どのような戦いだったのかは史料として明らかではない。霧の中で両軍が思いがけずぶつかった〈不期遭遇戦〉だった、との見方もある。

そんな川中島合戦が後世まで知られたのは、当時の情報の中心だった京でPRした人物がいたからではないだろうか。

そのひとりは関白、近衛《このえ》前久《さきひさ》である。

川中島合戦として史上、名高い永禄四年（一五六一）、第四次の戦いの二年前、永禄二年四月、上杉謙信（このころは長尾《ながお》景虎《かげとら》）は将軍足利義輝の要請に応《こた》えて五千の兵を従えて上洛《じょうらく》している。当時の京は三好長慶や松永久秀が権勢を振るっており、義輝は武勇の誉れ高い謙信に助けを求めたのだろう。謙信は義輝に「たとえ国を失おうとも、忠節を尽くす所存」と述べたという。前久はすっかり謙信に傾倒し、共に関東に下ると言い出した。

翌年、前久は越後《えちご》に赴いた。永禄三年、謙信が北関東を制圧すると、彼は上野国《こうずけ》の厩橋城《まやばしじょう》に入った。

第四次の川中島合戦が起きた時、前久は下総国《しもうさ》・古河城《こが》にいた。合戦の模様を伝え聞いた前久は、謙信に送った戦勝を賀する書状に、

――自身太刀討ちにおよばるる段、比類なき次第、天下の名誉に候
と書いた。これほど、謙信贔屓《びいき》だった前久だが、関東制圧の戦いがはかばかしくないと見るや貴族だけに嫌気がさして、永禄五年夏には謙信の制止を振り切って京に帰ってしまった。それだけに後ろめたさがあり、さらには自分のバックには越後勢がいると誇示したいがために、京で川中島合戦での謙信の活躍を誇大に話したのではないか。
謙信は信玄の作戦を見抜いて裏をかき、勇壮に本陣まで斬《き》り込んだ。川中島合戦は前半まで謙信の圧倒的な勝利であった、と。
だが、「いや、それは違う」と言ったかもしれない人物が京にいた。信玄の父、武田信虎《のぶとら》である。悪逆無道で家臣からも嫌われた信虎は息子の信玄によって甲斐《かい》を追放され、今川家に身を寄せた。さらに京に出て、
――武田入道
と呼ばれ、邸宅を構えていた。今川義元が永禄三年五月に桶狭間《おけはざま》合戦で敗死した後、信虎は京に出た。ちょうど川中島合戦のころである。信虎は将軍の相伴衆になっていたと言われる。当然、公家たちとも交際していた。
このころ、信玄は今川義元亡き後の駿河《するが》への侵攻の準備を進めていた。信玄は駿河

侵攻を果たせば上洛戦を行うつもりだった。
信虎は京で武田家の雑掌を務め、いわばスポークスマンだったという見方もある。信玄の上洛に備え、近衛前久によって上杉優勢とされた川中島合戦について、「さにあらず」と武田側の主張を唱えたかもしれない。
本陣に斬り込んだ謙信の刀を信玄は軍配によって、はっしと受け止め、さらに武田勢は盛り返し、上杉勢を川中島から退けた。すなわち、後半は武田の勝利であると。
こうして、京での近衛前久と武田信虎の、
──宣伝戦
によって川中島の戦いは五分の引き分けとなったと考えてみても面白いと思うのだがどうだろうか。
当時の俳諧《はいかい》連歌を集めた『犬筑波集《いぬつくばしゅう》』に、
都より甲斐《かい》の国へは程遠し　おいそぎあれや日は武田殿
という俳諧がある。信玄の上洛を待ち望み、焦《あせ》っていた信虎の心を表すかのようだ。
それだけに、信虎は川中島合戦の勝者は武田であると言い募らずにはいられなかったのではないか。

信虎は信玄が没した後に甲斐への帰国を望んだ。

天正二年（一五七四）に信濃《しなの》の高遠《たかとお》城で孫の勝頼と対面したが、間もなく甲斐へ帰ることなく八十一歳で生涯を終えた。

目玉の松ちゃん

若いころ、映画の自主上映を友人たちとしていた。チャップリンやジャン＝リュック・ゴダール、アラン・レネなどの映画フィルムを借り出し、会場を見つけて客を集め、上映するのだ。

もちろん、入場料はとるのだが、たいがいは赤字になっていた。

ある時、西ドイツ（当時はまだ東西ドイツが統一されていなかった）の実験的な映画を上映したが、客の入りは散々だった。

（なぜ、客がこなかったんだろう）

この時は、ひどく落ち込んだ。

それでもフィルムは次の上映地に送らねばならない。国鉄（当時は！）の貨物で送り出したのだが、意気消沈しているだけに、やり方が自分でもわかるほど、手抜きだった。

次の上映地は青森県だったのだが、はたして期日に間に合うのだろうか、と不安になった。

数日後、次の上映団体のひとから電話があった。まだ、フィルムが届いていないらしい。

あっ、と思ったが、平静を装《よそお》って「おかしいですね、ちゃんと送ったんですが」と言った。それ以来、連絡はなかったが、無事、上映会が行われたのかどうか、いまも気になって時おり思い出す。数十年たっても後ろめたいのだ。

そんな思い出を書いたのは、鴨川《かもがわ》沿いの道を散歩していて「目玉の松ちゃん」の胸像に出会ったからだ。

見得《みえ》を切る時、大きな目でぎょろりと睨《にら》みすえるところから「目玉の松ちゃん」の愛称があった尾上松之助《おのえまつのすけ》は日本映画の最初のスターだ。

京都の方はよくご存じなのだろうが、尾上松之助の胸像は、京都市左京区下鴨の鴨川公園にある。建立《こんりゅう》されて今年（二〇一六）で五十年だという。

だが、この胸像は松之助が映画スターだったから立ったのではない。

松之助は晩年、京都府に社会福祉事業資金として多額の寄付をした。この功績によるものだ。

府はこの資金を元に、低所得者を対象とした住宅を建設した。入居したひとが資力を得ると、新たな入居者に交代したことから、

——松之助出世長屋
と呼ばれた。

「目玉の松ちゃん」は人助けをしていたのだ。

ところで、明治二十九年（一八九六）、神戸で日本では最初の映画上映が行われた。京都もまた、東映太秦《うずまさ》映画村があることでもわかるように映画と縁が深い。時代劇映画を数多く手がけたのが京都の横田《よこた》永之助《えいのすけ》率いる横田商会だった。横田商会など当時の映画会社四社が日本活動写真（日活）を創立、わが国の映画産業が本格化する。

この日活を設立した映画人のひとりが、映画会社のM・パテー商会を経営していた長崎県出身の梅屋庄吉《うめやしょうきち》だ。

庄吉は南極探検の白瀬《しらせ》矗《のぶ》の記録映画を製作したが、一方で中国の革命家、孫文《そんぶん》を支援したことでも知られる。

庄吉と孫文の出会いは、明治二十八年、香港《ホンコン》での慈善パーティーだった。庄吉はかねてから中国に在住する欧米人の横暴に憤《いきどお》っていただけに、革命を志す孫文と意気投

合した。

そして何としてでも孫文を助けようと決意して、

――君は兵を挙げたまえ。我は財を挙げて支援する
と告げた。孫文二十九歳、庄吉二十七歳の時だった。

庄吉は革命に奔走する孫文に多額の資金を援助し続けた。その総額は現在の貨幣価値で、

――一兆円
に上ると言われる。

庄吉の支援は孫文が辛亥《しんがい》革命により、権力を得た時期だけではない。

大正二年（一九一三）、孫文が袁世凱《えんせいがい》に敗北し日本に亡命した後も惜しみなく続けられた。

大正四年には孫文と宋慶齢《そうけいれい》との結婚披露宴を東京、新宿（大久保百人町）の自邸で主催するなど終生、変わることがなかった。

さらに孫文の没後には、多額の資金を投じて南京《ナンキン》に孫文像を寄贈した。

これほどの友情による援助をしながら、庄吉の功績は近年まで知られることが少なかった。庄吉は日記に、

ワレ中国革命ニ関シテ成セルハ孫文トノ盟約ニテ成セルナリ。コレニ関係スル日記、手紙ナド一切口外シテハナラズ
と書き残して自らの支援活動を公《おおやけ》にすることを遺族に許さなかったからだ。
「目玉の松ちゃん」だけでなく、日本の映画人はなかなか偉い。
若いころの自分の映画にまつわる失敗がいまも気になるのは、そんな映画人の生き方を知っているからかもしれない。

薬子《くすこ》

春の風に誘われて四条河原町から祇園《ぎおん》にかけてぶらぶら歩いているとカラフルなファッションの観光客の女性の姿が目につく。きれいな若い女性が多いのだが、この中の何人かは、
——悪女
なのだろうな、と想像をめぐらしてしまうのは、小説を書くことを生業《なりわい》としているからだろうか。それとも春らしい陽気のせいと、古都が持つ妖《あや》しさのためなのか。
日本の悪女の系譜を考えた時、トップバッターとして最初にあがるのは、
——藤原薬子
かもしれない。なにしろ平安時代の政治的事件、
——薬子の変
として名前が残っているくらいなのだから。

ところで薬子はクレオパトラに似ているのではないか。このように書くと、薬子は絶世の美女であるクレオパトラに比べるほど美しかったのか、という話になるのだろうが、ご安心いただきたい。

クレオパトラはとても魅力的な女性ではあったが、それはエジプト語から、メディア語、エチオピア語、アラビア語、ヘブライ語など多数の外国語を話すことができる知性と社交的で優雅な振る舞い、美しい声での話し方などによるもので、「彼女の美貌そのものはけっして比類なきものではなく、見る人をはっとさせるものでもないと言われていた」と歴史家のプルタルコスは説いている。

薬子とクレオパトラが似ているというのは、ともに一時は権勢を誇ったがやがて権力闘争に敗れ、自ら死を選ぶにいたる人生だからだ。

クレオパトラは、古代エジプトのプトレマイオス王朝、最後の女王である。

初め弟と共同統治していたが排斥されたため、ローマの権力者、カエサルの支持を取り付けて弟に勝ち、復位した。

ローマの政争でカエサルが暗殺されると、後継者のアントニウスを魅了して味方にした。しかし、やがてアントニウスは政敵との戦いに敗れて自殺し、クレオパトラもまたアスピスという小さな毒蛇に胸を嚙《か》ませ、黄金のベッドで女王の衣装と宝石を身につけて死んだという。

藤原薬子は藤原式家《しきけ》の娘で、結婚して三男二女をもうけたが、長女が桓武《かんむ》天皇の皇太子安殿《あて》親王の室に入ると、自分も東宮宣旨《せんじ》として仕えた。

しかも安殿親王に通じて不倫の関係を結んだ。これを知った桓武天皇により、いったん東宮から退けられたが、親王が即位して平城《へいぜい》天皇となると、返り咲いて典侍《ないしのすけ》ついで尚侍《ないしのかみ》となり、昇進して正三位にまで叙された。夫は大宰帥《だざいのそち》として九州へ遠ざけられた。このころが薬子の栄華の頂点だった。

その後、平城天皇が病のために譲位し、嵯峨《さが》天皇の世になると、薬子は兄の藤原仲《なか》成《なり》とともに平城上皇に従って平城旧京に移った。

薬子は仲成と謀《はか》って平城上皇をふたたび天皇とする重祚《ちょうそ》を行おうとした。

このため嵯峨天皇と平城上皇の対立は深まり、一時は天皇と上皇の両方から政令が出る、

――二所朝廷
の様相を呈するまでになった。言わば京都と奈良に二つの朝廷ができたのである。

さらに平城上皇は平城遷都《せんと》を強行しようとしたが、嵯峨天皇側は上皇側との対決に踏み切った。三関を固め、仲成を捕え、薬子の官位を奪って追放した。

これに対し上皇は薬子とともに平城京から東国に向かい、対抗しようとした。
かつて大海人皇子《おおあま》（天武天皇）が〈壬申の乱《じんしん》〉において吉野を脱出、東国に向かって兵を集め、近江朝廷《おうみ》と戦った戦略を再現しようとしたのだろう。
平城上皇が戦いに勝利すれば上皇と薬子らが実権を握ったのかもしれない。しかし、嵯峨天皇の命を受けた坂上田村麻呂《さかのうえのたむらまろ》らが待ち伏せして迎え討とうとしたので、平城上皇はやむをえず平城京に戻り剃髪《ていはつ》して出家した。
この際、薬子は毒を飲んで自殺した。
大同五年（八一〇）九月十二日のことである。
ところで日本史において政治的な力を持ったために悪女とされた女性は、
北条政子
日野富子
春日局《かすがのつぼね》
などがいるが、権力を失って自殺したのは薬子だけである。なぜなのか。
クレオパトラが自殺したのは、当時のローマでは、敵国の王や権力者を捕えると生かして鎖につないだ状態で、凱旋式《がいせん》で市中を引き回したからだ。
クレオパトラはそんな辱め《はずかし》を受けてまで生きようとは思わなかったのだ。

あるいは薬子もまた同じ気持だったかもしれない。生きて平安京に連れ戻され恥をさらすよりは死を選んだのではないか。

だとすると、悪女とは誇り高き女性のことなのかもしれない。

大石内蔵助《おおいしくらのすけ》の「狐火《きつねび》」

山科《やましな》は古くは「山階」と書かれることが多かったという。「しな」は、緩やかに傾斜しているという意味があるらしい。山がなだらかな斜面となって盆地を形成する地形を表すのだ。

忠臣蔵の大石内蔵助が赤穂《あこう》城を明け渡した後、なぜ京の山科に隠棲《いんせい》したのだろう、と時々考える。

山科の東に接している近江国大石村は、藤原秀郷《ふじわらのひでさと》を祖とする大石家の発祥の地であり、縁者も多かった。

浅野《あさの》家臣で大石にとって縁戚《えんせき》でもある足軽頭四百石の進藤源四郎《しんどうげんしろう》の実家は公家の近衛家に仕えており、源四郎も山科に先祖伝来の田畑を持っていた。

大石は源四郎の縁で山科西野山村に千八百坪の土地を購入して移り住んだのだが、祖先の地に近い場所を選んだのは、浪人の移住に監視の目を光らせる幕府をごまかす腹積もりがあったのかもしれない。

しかも山科は東山《ひがしやま》と逢坂山《おうさかやま》との谷間《たにあい》の盆地で、東海道が通り、京から東への交通の要衝でもあった。

このころ、大石は切腹した浅野内匠頭長矩《たくみのかみながのり》の弟である大学による浅野家再興を目指していた。浅野家の祈禱所《きとうしょ》、遠林寺《おんりんじ》の僧侶祐海《そうりょゆうかい》を伝手《つて》にして綱吉の生母桂昌院《けいしょういん》に影響力があった神田護持院の隆光《りゅうこう》大僧正を通して大奥に働きかけるようなことまでしている。さらに、祐海への手紙で、

——柳沢様へのお手筋これあるまじく候や。（中略）柳沢様ご家老平岡宇右衛門、（中略）これへとくと頼り申し含め候わば、柳沢様お耳へも達し候ように成るべく候
として、権力者の柳沢吉保《やなぎさわよしやす》を動かすことはできないかと模索している。

大石は現代で言えば倒産した企業の重役として何とか政府による救済が得られないかと真剣に願っていた。それだけに東に向かう山科に住んだのだろう。

だが、この間、堀部《ほりべ》安兵衛《やすべえ》ら江戸の急進派は、大石に討ち入りの決行を迫っていた。

大石はこれに対して、

——浅野大学様の安否を聞き届けない内はどのような考えも大学長広様の為になら

ない。し損じればかえって害となる
と抑えている。大石は、最悪の場合には、江戸急進派の粛清もやむなしと考えていた気配がある。しかし、結局、御家再興の望みは断たれ、同志たちと京都・円山《まるやま》で会議を開いた大石は討ち入りを決断する。

御家再興か主君の仇討《あだう》ちかは、生と死を分けるふたつの道だった。御家再興に懸命に奔走することと討ち入りへの備えを同時に行うのは人間の心理としては、困難なことだ。

いったん生への望みを持ってしまえば、死は恐ろしくなるし、逆に死を決した後では、生きる努力は虚しく思える。

戦場で敵と戦い、逆上しているときは命を捨てることは何とも思わないが、平和な交渉を続けた後で目的が達成できないからといって、「では、死のう」と思うのは相当な胆力がいることだ。あくまで御家再興をあきらめず、努力を続けていこう、と周囲や自分自身に言い聞かせるのが普通ではないか。実際、山科の地に大石が移り住む身元引受人であった源四郎は浅野家再興ができないとわかると同志から脱落して大石を落胆させている。それなのに、なぜ、大石にはこのようなことができたのか。

『近思録』（南宋《なんそう》の朱子が呂祖謙《りょそけん》とともに、北宋時代の学者の言説からその精粋を選

んで編纂したもの）に、
感慨して身を殺すは易《やす》く、従容《しょうよう》として義に就《つ》くは難し
という言葉がある。興奮して命を捨てることはできるが、落ち着いた平常心のまま正しい道を選択するのは難しい、ということだ。
大石は「従容として義に就」いたのだ。しかし、迷わないわけではなかったろう。
山科に住んだ大石は、忠臣蔵では、祇園の「一力」で遊蕩《ゆうとう》したことになっているが、実際には伏見の撞木町《しゅもくちょう》で遊んだ。壮年の男性が女色に走る理由は「死」への恐怖ではないか。
このころの大石は遊里で、いくつか地歌に歌詞をつけた。その中に「狐火」と題する歌がある。

あだし此身《この》を煙となさば、
せめてくるはの里近く、
廓《くるわ》のや、廓のせめて、
せめて廓のさと近く、
何を思ひにこがれて燃ゆる。

こがれてもゆる、野辺の
狐火さよ更《ふ》けて、
思ひにやこがれてもゆる、
野辺の狐火小夜《さよ》更けて。

伏見から山科へ帰る大石が、「狐火」のように燃える自らの命の火を見つめ、「生」への未練を断ち切った夜があったに違いないと思う。

地震加藤

熊本地震のときは福岡県の久留米市にいた。

事務所のマンションで仕事をしているとかつて経験したことのない揺れが来た。テレビをつけてみると熊本で震度七だという。

久留米でも震度三、四の揺れが続いた。実は、これが前震で、翌々日、さらに大きな地震が来て本棚の本が大量に落ちた。

最近、熊本には新聞のエッセイの仕事で何度か訪れ、『苦海浄土《くがいじょうど》』を書かれた作家の石牟礼道子《いしむれみちこ》さんや『逝《ゆ》きし世の面影』の著者で思想史家、評論家の渡辺京二さんからお話をうかがう機会があった。

夜にはかつて水俣病《みなまたびょう》闘争に関わったひとたちの拠点となった店、「カリガリ」（以前の店はいったん閉店し、昨年（二〇一五）、再オープンした）で夜半まで同行の記者と飲んだ。

それだけに熊本で会ったひとたちの安否が気遣われた。テレビのニュースを見ていると熊本城が空撮で映し出されて、石垣の一部が崩れ、屋根瓦《やねがわら》も落ちているのがわかった。

東側にある東十八間櫓と北十八間櫓《やぐら》が倒壊した。二つの櫓はともに、国の重要文化財に指定されている。

熊本県人にとって清正公（加藤清正）が築いた熊本城がどれほど大事なものかを知っているだけにショックだった。

同時に思い出したのは、

——地震加藤
の逸話だ。

文禄五年（一五九六）閏《うるう》七月十三日、京都、伏見を中心とするマグニチュード七・〇（推定）の、

——慶長伏見大地震
が起きた。地震により完成間もない伏見城の天守閣が大破し、東寺や天龍寺、二尊院、大覚寺等も倒壊し、被害は京阪神、淡路島の広い地域に及んだ。京都、堺《さかい》等での死者の合計は千人を超えた。

この時期、豊臣秀吉《とよとみひでよし》は朝鮮出兵を行っており、加藤清正は戦地からひさしぶりに帰国していた。

『清正記』によると、清正は石田三成や小西行長の讒言《ざんげん》によって秀吉の怒りを買い、日本に呼び戻されて謹慎を命じられ、危うく切腹を迫られそうになっていた。

そこに京都、伏見で大地震が起きると、秀吉の身を案じた清正は、誰よりも早く伏見城の秀吉のもとに三百人の手兵を連れて駆けつけた。

城門を固めるとともに救助活動を行ったため、秀吉はこれを喜び、勘気《かんき》が解けたという。

明治になって「増補桃山譚《ももやまものがたり》」、通称「地震加藤」という外題で歌舞伎《かぶき》の演目に登場して人気を呼んだ。

だが、実際のところは、それほどドラマティックではなかったようだ。

この地震の際に清正が朝鮮から帰国していたのは事実で、地震発生から二日後の日付で熊本の家臣に出した手紙では秀吉が無事だったことを伝えている。

手紙の中で清正は伏見には屋敷を持っていないと書いており、あるいは地震が起きたときには、大坂の屋敷にいたのかもしれない。

もっとも、当日ではないにしても、清正が被災したばかりの秀吉のもとへ馳《は》せ参じ、彼を喜ばせたことはあり得る。

なぜなら、この時期の秀吉は愛息鶴松《つるまつ》の死や朝鮮出兵の挫折《ざせつ》など晩年の悲運にさらされており、表には出さなくとも心中に鬱屈《うっくつ》を抱えていたに違いない。

この時期の不運を象徴するように秀吉が奈良の東大寺に倣《なら》って建立した方広寺《ほうこうじ》の大仏までもが地震で倒壊した。

秀吉は大仏に対し「おのれの身さえ守れないのか」と激怒し、その眉間《みけん》に矢を放ったと伝えられる。しかし、いかに虚勢をはっても秀吉の心中の不安は大きかっただろう。

子飼いの猛将の頼もしい姿を見てほっとしたのではないか。このとき、秀吉は予感したのかもしれない。

秀吉没後、徳川家康が天下人となったとき、清正は秀吉の遺児である秀頼を守ろうと孤軍奮闘し、家康と秀頼の二条城での対面を実現させるのだ。

そんな清正が建てた熊本城は西南戦争で西郷隆盛率いる薩摩《さつま》隼人《はやと》の猛攻にも耐え抜いた。

熊本城には、守るべきもののために戦う加藤清正の風姿を感じさせるものがあった。

それだけに、今回の地震で傷ついたことに痛みを感じてしまうのだ。

慶長伏見大地震から九年後、慶長九年十二月十六日には、マグニチュード七・九（推定）の、南海トラフが震源とされる巨大地震が発生した。

慶長地震である。

陸地での揺れはさほどでもないが、津波が犬吠埼《いぬぼうさき》（千葉県）から九州までの太平洋沿岸を襲って大きな被害を出した。

われわれは、いま大きな不安の中にいる。

谷崎潤一郎の地震

ふと思い立って法然院《ほうねんいん》を訪れた。

与謝蕪村《よさぶそん》が主人公の短編を書くため、取材旅行で京都に来た際に立ち寄って、しっとりとした雰囲気が好きになった。

京都に仕事場を持って以来、もう一度訪ねたいと思っていた。法然院には、文豪谷崎潤一郎の墓があるからだ。

枝垂桜《しだれざくら》の下の自然石に、

——寂
の一文字だけを彫った墓は写真で見たことしかなかったが、前回、法然院を訪れた時は見落としていた。

だから、桜の季節にぜひ、と思っていたのだが、なかなか時間がとれなかった。

ようやく訪れてみると散った桜の花びらが墓地を彩《いろど》って、大谷崎らしいはなやかさだった。

谷崎の妻松子《まつこ》は、「薄紅梅」というエッセイ(『倚松庵《いしょうあん》の夢』中公文庫所収)の末尾で、

——京のたよりにきのうもきょうも風花が舞っているという。法然院の墓石は寂として静まり、枝垂桜の咲く日を生きていた日と同じように待っていることであろう。

と谷崎を偲《しの》んでいる。

墓前で合掌してしばし佇《たたず》んでいると、地震が嫌いで、

——恐怖症
だとまで言っていた谷崎が今回の熊本地震のことを聞いたらどう感じるだろうか、と思った。

谷崎は地震により、影響を受けた作家だ。

明治二十七年(一八九四)六月二十日、三十一人の死者を出した明治東京地震が起きた。

東京の自宅にいた谷崎はわずか九歳。母親にしがみついた記憶を「幼少時代」に書き残している。

さらに、大正十二年(一九二三)九月一日、関東大震災が起きた時、谷崎は箱根に

いた。

箱根の山道をバスで移動していたが、谷側の道が地震で崩れるのを見た。

箱根で地震に遭うと横浜の自宅（震災で焼失）には戻らず、三島から沼津に出て東海道本線に飛び乗り、大阪に向かった。

旧友を頼り、大阪の新聞社に地震遭遇体験を寄稿するなどした後、しばらくして横浜に戻り、妻子と再会した。

東京の文化人たちは震災後、東京を離れ、相次いで関西へ移住しており、谷崎も十月には、京都市上京区等持院中町十七番地の借家に落ち着いた。

十一月に入って左京区東山三条下ル西の要法寺の塔頭《たっちゅう》に転居した。

翌年三月には、兵庫県武庫《むこ》郡本山村北畑に移って本格的な関西定住が始まった。この時以降、谷崎の関西での旺盛《おうせい》な創作活動が始まる。

『蓼喰《たでく》ふ蟲《むし》』では京都の幕の内弁当なども紹介しつつ、鹿谷《ししがたに》や南禅寺界隈《かいわい》、『蘆刈《あしかり》』では巨椋池《おぐらいけ》や洛南鳥羽《とば》離宮跡、山崎などを背景に物語が繰り広げられる。

圧巻は『細雪《ささめゆき》』で、平安神宮の紅枝垂桜や嵯峨天龍寺、大覚寺、大沢池が登場する。

さらに清涼寺《せいりょうじ》、厭離《えんり》庵《あん》、渡月橋、法輪寺などの京の名所が目白押しで谷崎文学ならではのはなやかな世界に彩りを添える。

ところで、関東大震災から二年後、治安維持法が施行される。国が行うことへ疑問や異論を差し挟むことはできない風潮になる。そして世界恐慌《きょうこう》、満州事変、日中戦争と続く激動の時代が幕を開ける。この発端のひとつが関東大震災であったと言えるかもしれない。

昭和十五年（一九四〇）に予定されていた東京オリンピックは日中戦争の影響で中止に追い込まれた。

さらに翌年には太平洋戦争が勃発《ぼっぱつ》する。作家にとって生き難い時代になった。谷崎はこの戦争の時代に背を向けるようにして関西で小説を書き続けた。

戦争が終わると、谷崎は京都に居を構えた。

南禅寺門前の家は奥の八畳間に沿って白川が流れていて気に入ったという。その後、糺《ただす》の森近くの広い家に移った。この家は商家の隠居所として建てられたものだった。書院造りの主室、数寄屋《すきや》造りの控えの間など十部屋に離れと茶室、洋館が付属し、日本庭園には池があった。谷崎はこの屋敷に「潺湲亭《せんかんてい》」と名づけた。

小説『夢の浮橋』では、「潺湲亭」をモデルにした庭の風景を、

——欄にもたれて眺めると、池の向うの木深いところから瀧《たき》が落ち、春は八重山吹、秋は秋海棠《しゅうかいどう》の下を通つて、暫《しば》らくの間せゝらぎとなつて池に落ちる

と描写している。

谷崎はここで『源氏物語』の現代語訳に取り組み、『少将滋幹《しょうしょうしげもと》の母』『鍵《かぎ》』などの名作を書き上げた。

谷崎の没後、この家は日新電機の迎賓館「石村亭《せきそんてい》」となった。

関東大震災がなければ谷崎が関西に住むことはなく、数多くの名作が生まれることはなかった。

熊本地震と吉田松陰

熊本地震が起きて二週間後、最も揺れが激しかった熊本県益城町《ましきまち》を訪れた。ようやく九州新幹線が全線で運転を再開し、熊本市の作家石牟礼道子さんと評論家渡辺京二さんのお見舞いにうかがったのだが、九州人として被災地の様子を見ておかねば、と思った。

ボランティアとして何かができるわけではない。心苦しく思いながら、多くの家が倒壊し、電柱が斜めに傾いた道を歩いて避難所に入ると毛布や段ボールを床に敷いて横たわるお年寄りを目の当《ま》たりにした。

胸が詰まり、自分にできることをしなければ、と思うばかりだった。

益城町を歩いていて、ふと、幕末、京の池田屋で新撰組《しんせんぐみ》の襲撃を受けて死んだ肥後の勤王の志士、宮部鼎蔵《みやべていぞう》はこのあたりの出身だったはずだ、と思い出した。

鼎蔵にとって生涯の友となった長州の吉田松陰は九州遊歴の際、熊本を訪れて鼎蔵と初めて会ったのではなかったか。

宮部鼎蔵は、文政三年（一八二〇）四月、肥後国上益城郡西上野村、現在の熊本県上益城郡御船町《みふねまち》に生まれた。父は医師だったが、鼎蔵は医業を継ぐことを好まず、叔父について山鹿《やまが》流兵学を学び、その養子となった。

吉田松陰もまた、長州藩の山鹿流兵学師範の家を継いでおり、このことがふたりを結びつけたのだ。

嘉永《かえい》三年（一八五〇）八月、二十一歳の松陰は九州遊歴の旅に出た。佐賀、長崎をまわって十二月に熊本に入った。

この時、松陰は熊本藩の高島流砲術家、池部啓太を訪ねた。

池部は九州にきた伊能忠敬《いのうただたか》に測量術を、長崎の末次忠助に天文学を、高島秋帆《たかしましゅうはん》に西洋砲術を学んだ学者だった。

池部の紹介で松陰は鼎蔵と会う。鼎蔵は松陰より十歳年長で、

——懇篤《こんとく》にして剛毅
だった。鼎蔵は近世熊本の思想的巨人である国学者林桜園《はやしおうえん》の弟子でもあり、松陰と意気投合して時局を論じた。

松陰は話に熱がこもり熊本での滞在を一日のばしたほどだった。

あるいは鼎蔵の家を訪ねて終夜語り明かしたかもしれない。

鼎蔵が生まれた御船町は益城町の南に位置し、山並みが続く。

今回の地震では震度六弱の揺れがあり、同町のホームページによると二人の方が亡《な》くなり、二百十九の家屋が全壊した（平成二十八年五月十二日現在）。

益城町を歩きながら鼎蔵のことを考えた。

鼎蔵は、松陰と会った翌年、江戸に出て山鹿素水《そすい》に入門した。松陰もまた、この年、江戸に遊学し、鼎蔵と同様に素水に入門した。

鼎蔵と松陰の交流は深まり、年末には他の友人たちとともに東北旅行に出る。

この際、松陰は藩が発行する通行手形を待っていては鼎蔵たちと東北に行けない、と脱藩したのは有名な話だ。いかにも松陰らしい友情を大事にしたエピソードだ。

嘉永七年（一八五四）、松陰は、ペリーの黒船で密航を試みて失敗し、捕縛される。

鼎蔵は松陰から海外渡航の決意を打ち明けられ、危険すぎると止めた。

だが、松陰の決意が固いことを知ると自分の愛刀とともに、

――皇神《すめかみ》の　まことの道を　かしこみて　思いつつゆけ　思いつつゆけ
という和歌を贈って激励したという。

鼎蔵がその後、尊王攘夷《そんのうじょうい》運動に一身を捧《ささ》げていった背景には、年少の友人である松

陰の何事も命がけでなそうとする気魄《きはく》が影響していたのではないか。

鼎蔵は文久三年（一八六三）、朝廷に親兵が設置された際、熊本藩五十余名を率いて上洛《じょうらく》したが、八月十八日の政変で尊王攘夷派の長州藩が失脚、京を追われると、ともに長州に落ち延びた。

その後、ひそかに京に潜入して長州藩の復権のために活動した。志士たちと三条の池田屋で密議していた時、新撰組に踏み込まれた。鼎蔵は新撰組の近藤勇と闘って負傷すると、縄目にかかるのを潔《いさぎよ》しとせず自刃《じじん》して果てたという。

元治元年（一八六四）六月五日夜のことである。享年《きょうねん》四十五。壮烈な最期だった。

ところで九州遊歴で熊本を訪れた松陰は、長州に戻るべく出立する前に清正公浄池《じょうち》廟《びょう》に参拝した。

松陰には聴覚障害がある弟がおり、その病の平癒を祈願したらしい。そして熊本城を見学した。

もし松陰が地震で傷ついた熊本城を見たら、どう思うだろうか。

いま、多くのひとがそうであるように、何かをしなければならない、という思いに駆られるのは間違いない。

真田《さなだ》風雲録

ＮＨＫ大河ドラマ「真田丸」が視聴率も良く、好調なのだそうだ。

毎回ではないが、時折は見て草刈正雄さんの真田昌幸、内野聖陽《うちのせいよう》さんの徳川家康、遠藤憲一さんの上杉景勝などの個性的な脇役《わきやく》陣の演技を楽しんでいる。

去年（二〇一五）、高野山に登った際、九度山《くどやま》にまわって関ヶ原の戦いの後、真田信繁と父親の昌幸が幽閉されていた真田庵を訪ねた。

門扉や屋根瓦に真田の旗印、六文銭がある小さな屋敷だが、史上に名高い真田親子の寓居《ぐうきょ》跡だと思うと感慨深かった。

ところで真田信繁が幸村の名で大衆に広く愛されてきたのは講談や立川文庫によるものだ。

その根っこには何があるのだろう。

真田幸村の名は京都所司代板倉家の客分だった万年頼方《まんねんよりかた》と下野《しもつけ》国壬生《みぶ》藩主阿部忠秋

の家臣二階堂行憲が寛文十二年（一六七二）頃に刊行した『難波戦記』が初出だという。

江戸時代を通じて、大坂戦記物は歌舞伎や人形浄瑠璃《じょうるり》などで大坂の庶民たちに人気を博した。

大坂の陣で豊臣家が亡《ほろ》びると政権の中心は江戸に移った。

大坂は〈天下の台所〉として経済を支えたものの、豊臣家の時代のような首都ではなくなった。

かつての時代を懐《なつ》かしむ気持とともに、現政権へのひそかな反発が大坂戦記物の人気を支えたのは間違いないだろう。

明治四十四年（一九一一）に講釈師、玉田玉秀斎《たまだぎょくしゅうさい》らが講談を読み物として再編集し、大阪で発刊された立川文庫で「真田十勇士」が生み出された。その後、映画にもなるなど真田ブームを巻き起こした。しかし、いずれにしても真田人気は大阪をルーツとして、根っこに反体制的な雰囲気があるのが特徴ではないか。

大河ドラマつながりで言うと、かつて緒形拳《おがたけん》主演の「太閤記《たいこうき》」で枯淡の味わいがある竹中半兵衛を演じたのが劇作家、福田善之《ふくだよしゆき》だった。福田には「真田風雲録」という作品がある。初演されたのが昭和三十七年（一九六二）。

日米安全保障条約改定の国会での強行採決に反発したデモ隊が国会を取り巻き、激しい反対運動を展開して、全国をゆるがせたいわゆる、

——六〇年安保闘争
の二年後だ。

福田の「真田風雲録」では大坂冬の陣、夏の陣での真田幸村と猿飛佐助、お霧（霧隠才蔵）、根津甚八ら真田十勇士の活躍が、安保闘争と重ね合わせて描かれた。また、三十八年には中村錦之助《なかむらきんのすけ》（萬屋《よろずや》錦之介）が猿飛佐助役で主演、加藤泰《かとうたい》監督で映画「真田風雲録」が作られた。実はわたしは演劇の同作品は見ておらず、映画だけしか知らないのだ。

千秋実演じるカッコよく死にたいと願っているやさぐれた中年男の幸村は、戦場で傷つき、死を覚悟して敵兵を前に、

——真田左衛門佐《さえもんのすけ》幸村
と名のっても、影武者だろうと信じてもらえない。がっかりしたはずみに転んで、死体が持つ槍《やり》の穂先が腹に刺さって、

「カッコ……悪い！」

と嘆きながらあっさり死んでしまう。かつて敗北し、人生の希望を失った中年男が

せめて死に方だけでもカッコよく、と思うところに共感してしまう。

福田作品での真田十勇士は安保闘争で国会突入を図った全学連をイメージしていることは明らかだ。

劇中でも安保闘争を想起させる生硬だが若者らしいセリフが飛びから（『福田善之1　真田風雲録』ハヤカワ演劇文庫参照）。冬の陣の終盤、徳川と豊臣との間に、偽りの和睦《わぼく》を図る動きがあることを察知した幸村は、

——おれはこの和議をこわすつもりだ……そのためには、今夜が最後の機会だ。

と十勇士とともに徳川方に夜襲をかけるが、続く者がなく、孤立した戦いとなって、

——挫折
する。現実の安保闘争でも国会前の激しいデモで学生のデモ隊が機動隊とぶつかった。

東大学生の樺《かんば》美智子さんが亡くなる事態にまでなる。しかも、なおかつ新安保条約は自然成立するのだ。

ところで、安保改定の強行採決を行い退陣に追い込まれたのは、現在の安倍晋三総理の祖父、岸信介《きしのぶすけ》総理である。

安倍政権で安保法が成立、反発する声も出る中、大河ドラマで真田幸村が取り上げ

られるのは、不思議な暗合だという気がする。

はたして今回の大河ドラマで大坂城に造られる「真田丸」は時代に抗《あらが》う反体制のバリケードになるのか。

堺雅人さん演じる真田信繁が何のために戦うのかが年末にかけての見所ではある。

ひょっとしたら、〈家族への愛〉のために戦うのかもしれないが。

立花宗茂《たちばなむねしげ》の復活

ＮＨＫ大河ドラマ「真田丸」がらみの話を続ける。

真田信繁は永禄十年（一五六七）に生まれたが、同じ年に生まれた戦国武将に立花宗茂と伊達政宗《だてまさむね》がいる。

いずれも戦上手だし、信繁は大坂の陣で〈赤備え《あかぞな》〉の兵を率い、宗茂は金箔《きんぱく》を押した桃形兜《ももなりかぶと》をかぶる〈金甲《きんこう》〉の武者を従え、政宗も、軍勢を派手に装《よそお》わせただけでなく豊臣秀吉に一揆をそそのかした疑いをかけられた時、家臣に金箔の磔台《はりつけだい》を担《かつ》がせ、自身は白装束という姿で上方に現われた。三人ともスタイリッシュなところが共通している。

同年生まれの三人は慶長五年（一六〇〇）の関ヶ原の戦で運命が分かれた。三十四歳の時だった。

信繁は父、昌幸とともに信州上田城に籠《こも》り、上方へ向かう徳川秀忠《ひでただ》の軍勢を足止めし、関ヶ原で西軍が勝っていれば大功となるはずだったが、思惑ははずれて一転、紀州九度山に幽閉される。

西軍に属した宗茂は東軍の京極高次《きょうごくたかつぐ》が籠る大津城を攻め落としており、関ヶ原の戦には間に合わず、大勢の中で敗軍の将となった。

一方、政宗は東軍として上杉景勝の白石城を攻めた。関ヶ原決戦の直前に家康から恩賞として四十九万余石を得るお墨付きを与えられていた。だが、この合戦のさなかに南部領で起きた一揆を援助したことを咎《とが》められて約束は反故《ほご》にされた。三者三様だが、戦上手の三人が運命の戦である関ヶ原の現場にはいなかったのだ。

戦後、信繁は幽閉、政宗はあてがはずれたものの、東軍側の大名として生き残ったが、行方が定まらなかったのが宗茂だ。

筑後柳川十三万石の領地を没収され、浪人となったが、大名に復帰することを諦《あきら》めなかった。

関ヶ原の戦の翌年、宗茂はわずかな家臣たちと京に出た。

天下人となった徳川家康に仕え大名に返り咲きたかったのだ。宗茂は九州征伐の陣で秀吉に見出《みいだ》され、徳川家きっての猛将、本多忠勝と並んで、

——西国無双

であると評価された。朝鮮出兵のおりには、寡兵《かへい》で大軍を破る武功をあげており、武将として十分な自信を持っていた。家康も自分を認めてくれるはずだ、と思ったのだろう。

京に出た宗茂の行動は現代で言えば勤めていた企業が倒産したり、職場でリストラにあった会社員の再就職活動に似ている。

仕事の実力への自信とプライドを持ち、たとえば同じ九州の加藤清正の家臣となる道は選ばず、あくまでかつての地位への復帰を目指したのだ。おそらく職を失った会社員が最初にとる行動だろう。

だが、うまくいかない。家康は京に出た宗茂に会ったものの取り立てようとはしなかった。言うなれば、自信満々で大企業の社長に面会して求職活動をしたものの、あっさり断られたのだ。ここで宗茂が再就職を断念し、京の市井《しせい》で浪人暮らしをすればやがて大坂の陣で真田信繁のように豊臣方としてはなやかに戦ったかもしれない。しかし、宗茂は「返り咲き」を諦めなかった。

家康を追って江戸に出ると宗茂の再起を信じる家臣たちに支えられ、窮乏生活を送りながら、ひたすら再就職の機会を待った。

さすがに根負けした家康は関ヶ原の戦から六年後の慶長十一年に宗茂を召し出した。

宗茂、四十歳。だが、家康が宗茂に提示した待遇は五千石。大名への復帰ではなかった。

プライドを守ろうとすれば話を蹴《け》るところだろうが、宗茂は受けた。

その後、一万石、二万石と領地は増えたが、かつて秀吉から「西国無双」と称《たた》えられた宗茂にとっては屈辱的な待遇だった。それでも、宗茂は不満を言わず、淡々と生きた。

筑後柳川十一万石に復帰するのは元和六年(一六二〇)、再就職活動のために京に上ってから十九年がたっていた。宗茂、五十四歳。

ところで関ヶ原の戦では同じ戦場にいなかった信繁と宗茂、政宗だが、大坂の陣では顔を合わせる。

信繁は真田丸に籠り、宗茂は秀忠の側近として出陣し、政宗は徳川方として伊達勢を率いていた。

この戦いで信繁は〈赤備え〉の軍勢を率いて家康の本陣を脅《おびや》かし、

——日本一の兵《つわもの》
の勇名を馳せる。独立心旺盛で徳川体制下に入ることに内心、苛立《いらだ》ちがあった政宗は信繁の活躍を羨望《せんぼう》の目で見たかもしれない。

だが、宗茂はブレなかった。

京に出た宗茂は過去の栄光を捨て、真っ直《す》ぐに人生を生き抜く闘志を抱いていた。

失職した人間のお手本ではないか。

だからこそ、不況下を生きるヒーローとしてＮＨＫ大河ドラマの主役にふさわしいと推薦するしだいだ。

モルガンお雪

オバマ大統領が広島を訪問したことは、慶賀のいたりだ。

様々な意見もあるだろうが、現職のアメリカ大統領が被爆地を訪れるのは、遅すぎたくらいなのだから、などと思いつつ、テレビを見ていた。

すると、そう言えば、「アメリカが京都に原爆を落とさなかったのは、モルガンお雪がいたからだ」という説があったのを思い出した。

アメリカは、文化遺産があるという理由で京都に原爆を落とさなかったなどと言われる。

だが、実際には京都は数回にわたって空襲されており、小倉や広島、横浜、新潟とともに原爆投下の候補地に入っていた。

京都へ原爆を投下すれば戦後の日本占領の際に反発が強く、障害になると考えたため見送られたにすぎないのだ。

それでも、モルガンお雪が京都にいたから原爆が投下されなかった、などという説が出てきたのは、お雪がヨーロッパのロスチャイルド家と並び立つアメリカのモルガン財閥の一族の男性と結婚した、

——日本のシンデレラ
だったからだ。

大銀行家で政府にも影響力を持つモルガン財閥ならば、アメリカ大統領を動かして原爆の投下地を変更し、モルガンお雪を救ったのではないかと世間が思ったのだ。

お雪は、京都の刀剣商の四女として生まれた。本名は加藤ユキ。十四歳で、祇園《ぎおん》の芸妓《げいぎ》となった。

美しく胡弓《こきゅう》の名手だったという。

明治三十四年（一九〇一）に来日したモルガン家の当主の甥《おい》であるジョージ・D・モルガンに見そめられた。

お雪に一目ぼれしたモルガンは、熱烈に結婚を迫った。当時、お雪には京都帝大生の恋人がいたが、芸妓との結婚を家族に反対されていた。

モルガンはお雪に断られていったん帰国した。だが、諦めきれずに再び日本にきた。お雪も恋人との仲がうまくいかず、モルガンの情熱にほだされた。

京都の南座の建設費用に相当する四万円を出してモルガンはお雪を身請けした。

巨額の金をあっさりと出したモルガンの富豪ぶりに日本人は驚愕《きょうがく》した。

日本風に言えば、芸妓の落籍だったが、ふたりにとっては純粋な恋愛での結婚だった。

モルガンとお雪は、明治三十七年一月二十日に横浜で挙式してアメリカに渡った。日露戦争が開戦する直前である。ふたりが結婚した日はその後、

——玉の輿《こし》の日
という記念日になった。

しかし、当時のアメリカ社会は人種的偏見が強く、東洋から来た花嫁のお雪は受け入れられなかった。やむなくふたりはフランスに渡った。

その後、大正四年（一九一五）、第一次大戦の最中、モルガンはスペインでお雪を残し病没する。まだ四十代の若さだった。

このころお雪は社交界の花形だったが、莫大《ばくだい》な遺産を相続して、モルガンとの思い出を胸に南仏で静かに暮らした。

やがて日華事変が勃発、昭和十三年（一九三八）、お雪は日本に帰国し、京都の紫《むらさき》野《の》でひっそりと余生を送った。

昭和三十八年、お雪は八十一歳で亡くなった。晩年は熱心なキリスト教徒だった。墓は東山区東福寺塔頭《たっちゅう》の同聚院《どうじゅいん》にある。

お雪の没後、フランスから「ユキサン」と名付けられた白バラが贈られて墓前に植えられた。

ところで日本のシンデレラの生涯には、戦争の影が揺曳《ようえい》している。日本とアメリカとの戦争が始まると、お雪はスパイの疑いをかけられた。アメリカからのモルガンの遺産の送金もストップするなど苦難を味わった。恋が成就《じょうじゅ》し、富に恵まれても、世界を覆《おお》う巨大な暴力からは逃れようがなかったのだ。

新聞によれば、オバマ大統領は広島での演説で、

——恐怖の論理にとらわれず、核兵器なき世界を追求する勇気を持たねばなりません。

と述べたという。

この言葉が広島で伝えられるまで七十年余りの歳月がかかった。演説には謝罪こそなかったものの、核兵器のない世界への理想を語って感動的であり、歴史的であったととらえるひとも多いだろう。

だが、それで、歴史の悲惨が解消するわけではない。ようやく一歩を踏み出したといったところだろうか。

いまも核兵器を持つことが勇気だと思うひともおそらくいるのだ。

天国のお雪の耳にオバマ大統領の声は届いただろうか。

あるべきようは

一年ぶりに平安神宮の薪能《たきぎのう》に行った。

風が強い日だった。

このエッセイで最初に書いたのは薪能のことだった。あれからもうすぐ一年かと思うと、随分、早かった気がする。去年の薪能は蒸し暑かったのに、今年は風のためなのか、寒い。

椅子《いす》に座り、足を投げ出しているとしだいに冷えてきて、思わず足をすくめてしまった。

演目は「翁《おきな》」から始まった。「絵馬」「福の神」「杜若《かきつばた》」へと続くのだが、睡眠不足でふと眠くなる。

寒くてなおかつ寝そうになると、山で遭難した時なら、「寝るな、死ぬぞ——」と頬を叩《たた》かれるところだ、などと思いつつ、眠気覚ましに演目を紹介したパンフレットを読みふけった。

ふと見ると最後に歴史小説家の澤田瞳子《さわだとうこ》さんのエッセイが載っている。

澤田さんは京の絵師を描いた『若冲《じゃくちゅう》』で直木賞候補になった。わたしは対談したり、『若冲』の書評を書いたりしたご縁で編集者を交えた会食をご一緒したことが何度かある。

エッセイでは、今回上演された「春日龍神」は高僧明恵《みょうえ》が釈迦《しゃか》を敬慕するあまり、インドへの旅を計画したという史実にちなんだ能であることが紹介されている。

なるほど、と思いながら読んでしまったのは、わたしは明恵が好きだからだ。

明恵は紀伊国（和歌山県）の人で鎌倉時代初期の高僧だ。建久六年（一一九五）、紀伊国白上《しらかみ》の峰にはいって修行を積み、建永元年（一二〇六）に後鳥羽上皇から栂尾《とがのお》の地を賜わった。

古寺を復興して高山寺と名づけ、華厳宗《けごんしゅう》興隆の道場とした。

明恵はおびただしい数の夢を見たことで知られる。十九歳から五十八歳までの四十年間にもわたって夜ごとに見た夢を「夢記《ゆめのき》」として記録した。

座禅することが多かった明恵は、印を結んだ手を右脇に当てて眠った。

明恵にとって夢は、諸仏と会話する、

——感応道交
の機会だったからだ。
明恵の見た夢は様々だが、たとえば四十三歳の時に見た夢では、
——初夜の禅中に身心凝然として、在るが如《ごと》く、亡きが如し
という状態になる。
そして虚空《こくう》中で普賢《ふげん》、文殊《もんじゅ》、観音の三菩薩《ぼさつ》と会う。さらに空中から、
諸仏　悉《ことごと》く中に入る。汝《なんじ》今、
清浄を得たり
という声を聞く。明恵にとって夢は諸仏との会話であり、何のために夢を見るかと
言えば、
——清浄
を得るためなのだろう。
ところで、『栂尾明恵上人遺訓』に「あるべきようは」という言葉がある。
——人は阿留辺幾夜宇和と云う七文字を持《たも》つべきなり。僧は僧のあるべき様、俗は

俗のあるべき様なり。

という文章は有名だ。「あるべきようは」に背くからひとは悪い事が起きるのだという。くだけて言うならば、ビートルズの
――Let it be
だろうか。あるがままにあらしめよ、という意味だともとれる。さらにやわらかく言えば、「そのままでいいよ」かもしれない。

ところでパンフレットのエッセイで澤田さんは興味深い指摘をしている。

茶道や歌舞伎《かぶき》、文楽など日本の伝統芸能を題材にした小説は多いのに、能楽を下敷きにした作品は格段に少ないという。

もちろん、三島由紀夫の『近代能楽集』、泉鏡花の『歌行燈《うたあんどん》』、杉本苑子《すぎもとそのこ》の『華の碑文』、瀬戸内寂聴の『秘花』などはあるが、という但《ただ》し書きつきなのだが、言われてみれば、確かに少ない。

なぜなのか。

澤田さんは「歌や説話、更には数々の史実までを糧《かて》に紡《つむ》ぎだされた能楽は、いわば古代から室町期に至る文化の結晶。それだけにストーリーを重んじる近代の文学は、高い物語性を有する能楽の前には、まさに手も足も出ないのに違いない」としている。

同感だ。さらに言えばキリスト教を社会の軸とする欧米で発達した近代文学には、宗教的な原罪意識が精神の底にある。だとすると「あるべきようは」の世界とはもともと異質なのだと思ったほうがいい。

などと考えているうちに、ますます寒くなった。

このままでは風邪を引くと思って会場を後にすると、祇園に出て、いつものバーに行った。

マスターから見習いバーテンダーがまた辞めたという話を聞いた。

なかなか、「あるべきよう」には生きられないのかもしれない。

高山彦九郎《たかやまひこくろう》の土下座

豊臣秀次の菩提《ぼだい》を弔っている木屋町通三条下ルの瑞泉寺《ずいせんじ》に用事があって歩いていると、ぼんやりしていたのか行き過ぎて三条大橋を渡ってしまった。

ふと見ると異様な銅像がある。二メートル近い台座に着物姿の屈強な男が手をつかえ平伏しているのだ。

この銅像は待ち合わせの目印になっており、

――ドゲザ
と若いひとは呼んだりするらしい。デートや飲み会などの待ち合わせで、

「ドゲザの前で何時に」

といった具合だ。だが、この像が土下座をしているわけではないことは台座に、

――高山彦九郎
という名が刻まれていることでわかる。わたしは、彦九郎の名を見て思わず、

「高山彦九郎には、こんな銅像があったのか」

とうなってしまった。

彦九郎は延享四年（一七四七）、上野国《こうずけ》新田郡細谷村（現群馬県太田市）の郷士の次男として生まれた。

奇行が多く、蒲生君平《がもうくんぺい》や林子平《はやししへい》とともに、

——寛政の三奇人
と称された。

十三歳の時、『太平記』を読んで自分の先祖が南朝の新田義貞《にったよしさだ》の家来につながることを知って感激し、学問に励んだ。十八歳の時、帯刀して京に遊学、三条大橋のたもとから御所を拝して、

「草莽《そうもう》の臣、高山彦九郎」

と連呼して京のひとびとを驚かせた。銅像はこの時の彦九郎の姿を表している。また、彦九郎は新田義貞を討った足利尊氏《あしかがたかうじ》の墓碑を鞭《むち》で打ったという。

京では垂加《すいか》流の尊王思想に魅《ひ》かれ、一時帰郷したものの、諸国を遊歴。その後京都に入って、多くの著名士と交遊した。だが、九州遊歴中、寛政五年（一七九三）六月二十七日、筑後の久留米にて白昼、謎《なぞ》の自刃をして果てた。享年四十七。

わたしの自宅がある福岡県久留米市内の寺には、いまも彦九郎の墓がある。散歩のおりにこの寺に入り、彦九郎の墓の前で、

(高山彦九郎とは何者だったのだろう)

としばしば考えてきた。

彦九郎は戦前の教科書には楠木正成《くすのきまさしげ》とともによく登場した忠君愛国のヒーローだった。

銅像は昭和三年に昭和天皇の即位の大礼を記念して建てられ、台座の文字は、日露戦争での日本海海戦でロシア艦隊を破った名将の東郷平八郎が揮毫《きごう》した。戦時中の金属供出で一時姿を消し、昭和三十六年に再建されたという。

彦九郎はなぜ自決したのか。その背景には、

——尊号一件
があると言われる。

すなわち光格天皇が生父の閑院宮典仁《すけひと》親王に太上《だいじょう》天皇の尊号を贈ろうとして幕府に拒否された事件だ。

寛政元年(一七八九)朝廷は尊号宣下の承認を幕府に求めた。だが、老中、松平定信は、太上天皇は天皇退位者に贈られる尊号であるのに、皇位につかなかった典仁親

王に贈るのは、筋が通らないとして拒絶した。

このころ、彦九郎は甲羅に藻がついてあたかも毛が生えたかのように見える〈緑毛《りょくもう》亀《き》〉を神亀であり、

――文治の兆《きざ》し
であるとして朝廷に献上し、光格天皇に拝謁《はいえつ》を許されるという破格の待遇を受けていた。彦九郎は、尊号問題での幕府の専横を知ると緑毛亀の絵を五百枚刷って九州、四国への旅に出た。

各地で緑毛亀の刷り物を見せて、文治、すなわち天皇が治める世の中が間もなく来る、と彦九郎は薩摩《さつま》の島津《しまづ》重豪《しげひで》始め大名たちを説いて、朝廷側につけようとしたのだ。

幕府は尊号問題での朝廷側の動向に神経を尖《とが》らせており、彦九郎の動きは幕吏に察知されていた。

寛政五年三月、幕府は武家伝奏《てんそう》の正親町公明《おおぎまちきんあき》と議奏の中山愛親《なかやまなるちか》というふたりの公家《くげ》を江戸に喚問して、それぞれ逼塞《ひっそく》、閉門などの処罰を与えた。これにより尊号問題は一件落着した。三カ月後の六月、彦九郎は自決した。知人に「余が日頃、忠と思い、義と思いし事、皆不忠不義の事となれり」と言い遺《のこ》したという。

ところでそんな彦九郎にとっての天皇像とは、どんなものだったのか。文治の印で

ある緑毛亀を掲げていたということは、武力ではなく、天皇の徳によって治められる時代が来るのだ、と告げたことになる。それは明治維新後の天皇像とは少し違うのではないか。

司馬遼太郎は歴史小説家として先輩の海音寺潮五郎との『日本歴史を点検する』という対談で「明治以後の天皇制は、結局、土俗的な天皇神聖観というものの上にプロシャ風の皇帝をのっけたもの」と言っている。

そうかもしれない。

だとすると三条大橋のたもとで、平伏した彦九郎の目に見えていたのは、土俗的に神聖な天皇である。

それは清々《すがすが》しい光のような存在としての天皇だったはずだ、と彦九郎の銅像を見上げながら思った。

旧友来たる

六十五歳である。

近頃、友人たちが次々に定年を迎えている。三十数年前から記者仲間として親しかったN新聞のMとY新聞のFというふたりが、定年記念旅行で京都に行くと言ってきた。

京都案内でもしようかと思っていると、市内の旅館に部屋をとって、一緒に泊まろう、ということになった。わたしは市内に仕事場としてマンションを借りているのだが、しかたなく左京区岡崎法勝寺町《おかざきほうしょうじちょう》の白河院に泊まった。

なぜ、ここなのか、というと「諸九尼《しょきゅうに》湖白庵《こはくあん》　幻阿《げんあ》蝶夢《ちょうむ》五升庵址《ごしょうあんあと》」の碑があるからだ。諸九尼とは江戸中期の九州出身の女流俳人だ。名はなみという。

筑後竹野郡唐島《からしま》（現福岡県久留米市田主丸《たぬしまる》町志《し》塚島《つかしま》）の出身で父親の従兄弟《いとこ》である庄屋に嫁《か》したが、俳諧師《はいかいし》で医師の有井《ありい》湖《こ》白《はく》と駆け落ちして上方に出た。

宝暦十二年（一七六二）、四十九歳のとき、諸九尼は夫と死別、俳人蝶夢《ちょうむ》の援助で京都の湖白庵に住んだ。

Mは記者のころ、在任した支局で地元出身の諸九尼に興味を持ち（なぜかは知らないが）、その生涯を連載するなどしていた。

わたしも諸九尼については知っていたので、ほどほどに話は合わせていたが、Fはまったく知らないから迷惑な話だったろう。

諸九尼は、蝶夢のほか蓼太《りょうた》や鳥明《うめい》、大江丸、重厚などの俳人とも親交を結んだ。

明和八年（一七七一）には松尾芭蕉を慕って奥の細道をたどる旅をして紀行文『秋風の記』を著した。

ところで諸九尼の別号を、

——雎鳩《しょきゅう》
という。雎鳩は鳥のミサゴのことだ。諸九尼という法名は雎鳩に由来するのだろう。

『詩経』の詩の一節に、
関関たる雎鳩は
河の洲《す》に在り

窈窕《ようちょう》たる淑女は
君子の好逑《こうきゅう》

とある。「関関」は、鳥がなごやかに鳴く声を表し、古来、ミサゴは夫婦仲が良いとされている。「窈窕」は女性の奥ゆかしい様のことで「好逑」は良い配偶者という意味だ。夫婦仲の良いミサゴが河の洲にいるのを見て、君子の妻にふさわしい上品な女性を思い浮かべる。良き伴侶《はんりょ》を恋うる歌だ。

この詩は、藤沢周平の『蟬《せみ》しぐれ』で主人公の牧文四郎《まきぶんしろう》が通う塾の講義で取り上げられる。冒頭に続く詩の中で美しい娘を思い長い夜に悶々《もんもん》として、しきりに寝返りを打つという師の説明で、塾生の中に、くすくすと笑う者がいた。

師はこれを厳しく叱《しか》り、「ここには、しあわせな婚姻をねがう人間の飾らない気持ちが出ている。四民の上に立つ諸子は、このような庶民の素朴な心や、喜怒哀楽の情を理解する心情も養わねばならぬ。大事なことである」と主人公たちを諭す。さりげなく、作者の人間観が示されている。

諸九尼は庄屋の妻でありながら、俳諧師と恋に落ちて駆け落ちし、俳人として思わぬ生涯を送った。その句を見てみると、

いつとなくほつれし笠や秋の風
一雫《ひとしずく》こぼして延びる木の芽かな
あさがほやいなせたあとの夢に咲
行春や海を見て居る鴉《からす》の子
生けるものあつめてさびし涅槃《ねはん》像

など女性らしい、やわらかな感性の句が多い。

駆け落ちという激しい情熱的な生き方からは想像できないが、もっと淡いしっとりとした情のある女性だったのではないかと思える。

それだけに、駆け落ちのような思い切った生き方をした諸九尼が、睢鳩という号に秘めた思いは切ないものがあったのではないか。

そんなことを考えていると、藤沢作品の『蟬しぐれ』は主人公の文四郎と、
小和田逸平
島崎与之助
という少年時代からの、ふたりの友との友情の物語でもあったな、と思い当たった。京の宿で旧友が三人そろって枕《まくら》を並べ、雎鳩の詩に思いをいたすのも、一興ではないかと思ったが、そんな雅《みやび》を解する男たちではない。翌日は、超高速で平安神宮、銀閣寺、新撰組の壬生《みぶ》の屯所、東寺、三十三間堂、智積院《ちしゃくいん》で長谷川等伯一門の金碧《きんぺき》障壁画、「楓図《かえでず》」「桜図」などを見た。
その後、大阪に向かった。翌朝、落語ファンのMが、午前中から若手落語家の会があるからというので寄席《よせ》に行ったが、この日に限ってやっていない。呆然《ぼうぜん》とした。還暦過ぎの男三人が、「なぜ調べていないのだ」「しかたなかろうもん」と言い合った。
それから、どうしたかは京都での話ではないので書かない。

沖縄の〈京都の塔〉

ＪＲ京都駅の烏丸《からすま》口の道路をはさんで向い側には京都タワーが立っている。見るたびに蠟燭《ろうそく》を思い浮かべてしまうのだが、実際には京都の街を照らす灯台をイメージしたらしい。地上百メートルの展望室からは古都が一望できる。そのうち登ってみたいと思いつつ、いまだに〈食わず嫌い〉が続いている。

ところで沖縄の、

――京都の塔
をご存じだろうか。

先月（平成二十八年六月）二十三日、「慰霊の日」に取材のため沖縄を訪れた。真っ青な空の下、夏の陽射《ひざ》しが暑く、立っているだけで汗が噴き出た。

沖縄戦を指揮した第三十二軍牛島満司令官が自決したとされる六月二十三日は、沖縄において日本軍の組織的戦闘が終わった日だ。

沖縄戦終焉《しゅうえん》の地といわれる沖縄本島南部、糸満市の摩文仁《まぶに》の丘の平和祈念公園で安倍晋三首相や、キャロライン・ケネディ駐日米国大使も参列して沖縄全戦没者追悼式が行われた。

わたしは式典会場そばの木の根っこに座って式典が始まるまで陽射しをよけながらノートパソコンで原稿を書いていた。

時刻になり、立ち上がって黙とうの後、スピーカーから流れる式典の次第を聞きながらぼんやり、〈京都の塔〉のことを考えた。

昭和二十年四月一日、米軍は沖縄本島に上陸する。千五百もの艦船、十八万の兵員、後方支援部隊を含めると五十四万人という太平洋戦争で最大規模の作戦だった。

米軍は上陸にあたって日本軍の水際《みずぎわ》における反撃での被害を予想していた。しかし日本軍は水際作戦をとらず、壕《ごう》に潜って戦う持久戦を行った。

ペリリュー島や硫黄島の戦いで米軍に多大な損害を与え、出血を強いた作戦だった。

沖縄戦での死亡者数は、日米合わせて二十万六百五十六人。日本人死亡者は十八万八千百三十六人で、そのうち、一般住民九万四千人を含む沖縄県出身者が十二万二千二百二十八人を占めている。県外出身の日本兵は六万五千九百八人が戦死している。

沖縄で戦った日本軍兵士の出身地は当然ながら全国におよんでいる。このため沖縄県内には全国四十六都道府県別の慰霊碑がある。

〈京都の塔〉は、そんな慰霊碑のひとつだ。

那覇市より北の宜野湾《ぎのわん》市の嘉数《かかず》高台公園にある。

塔というよりは横長の自然石（鞍馬《くらま》山の石で造られた）の慰霊碑だ。

首里の第三十二軍司令部を守るための陣地が築かれていた嘉数高地は米軍の戦史に記録されるほどの激戦地となった。

日本軍はトンネル陣地を構築しており、地形を利用して米軍を攻撃し、さらに爆雷を抱えて戦車に体当たりするという凄惨《せいさん》な特攻戦術までとった。米軍は嘉数高地を「死の罠《わな》」「忌々《いまいま》しい丘」と呼んだという。

戦闘は十六日間に及び、米軍は二十二台の戦車を失う損害を被《こうむ》った。

この嘉数高地の日本軍の主力は京都の部隊だった。京都出身の戦死者は二千五百三十六人である。

戦後、沖縄に建てられた多くの慰霊碑には〈英霊〉を称《たた》える碑文が記されている。

だが、沖縄戦で軍と住民の間には、いわゆる〈集団自決〉の問題を含む深刻な亀裂が起きた。軍の慰霊碑に違和感を抱く住民もいるに違いない。

慰霊碑で沖縄県民についてふれているのは〈京都の塔〉と〈群馬の塔〉だけである。さらに郷土出身の兵士とともに、

――多くの沖縄住民も運命を倶《とも》にされたことは誠に哀惜に絶へない。

として非戦闘員である沖縄県民を哀悼しているのは〈京都の塔〉だけだ。

そのことの重みが、暑い陽射しの中でひしひしと伝わってくる。言葉にするのは難しいが、何かが見失われている気がするのだ。

政府と沖縄県の対立を見るにつけ、もどかしい思いにかられる。

おそらく外国ならば、国内での過酷な地上戦を経験した沖縄は、戦後の復興と独立を勝ち取っていくシンボルの地となったのではないか。

だが、戦後もアメリカによる統治が二十七年も続いた沖縄では戦争は過去のものになっていない。

だからこそ沖縄には、米軍兵士、軍属の犯罪に対する憤《いきどお》りがある。基地撤去の願いもまた然《しか》りだ。沖縄戦というよりも「日本の戦争」としてすべての国民が背負わねばならないことではないのか。

式典が終わると会場を後にした。
会場では安倍首相と翁《お》長《なが》雄志《たけし》知事にそれぞれ野次が飛んだという。
それはひどく腹立たしいことであり、悲しいことでもある。

心はすでに朽ちたり

年齢相応なのだが、白髪である。ところどころ黒い髪がまじっているから、シルバーグレイと言えなくもないが、写真などで見ると真っ白だ。そんな白髪を一度だけ染めたことがある。作家としてデビューしたばかりのころで講演をしなければならなくなった。五十代前半で、やはり若く見られたいミエがあったのだ。

たまたま講演会を友人の新聞記者のMが取材に来て、講演が終わった後、「髪を染めるということは嘘《うそ》をつくということだ。ありのままの方がいい」と言った。

なるほど、さすがにいいことを言う、と思ってそれっきり髪を染めるのをやめた。

しかし十年ほどたって、ふと、そう言えばMは若いころから髪が薄かったことを思い出した。「染めるな」とわたしに言ったときにも、染めるほどの髪は頭に無かったのではないか。自分ができないから、わたしにするなと言っただけだ、と気づいたが、まあ、いまとなってはしかたがない。

白髪を染めるというつながりで言うと『平家物語』の斎藤別当実盛《さいとうべっとうさねもり》の話が好きだ。斎藤実盛は越前の出身で、加賀の富樫《とがし》氏も親戚《しんせき》だった。一門の勢力は北陸地方一帯に及んだ。

もっとも実盛自身は祖父の代から武蔵《むさし》国幡羅《はら》郡長井（現埼玉県熊谷《くまがや》市）に住んでいた。

源 義朝《みなもとのよしとも》の郎従となり、保元《ほうげん》元年（一一五六）の〈保元の乱〉と平治元年（一一五九）の〈平治の乱〉では義朝側に属して参戦した。しかし、〈平治の乱〉の敗北後関東に逃れ、その後平氏に仕えた。

実盛はもともと源氏についていたが源氏が没落すると平家についた武士だったのだ。だが、『平家物語』では、そのような実盛の生き方は非難されない。その後、見事な最期《さいご》を遂げたからだ。

源頼朝が挙兵してからは平家に従って石橋山の戦い、富士川の戦いと転戦した。

この時、大将の平維盛《たいらのこれもり》から、

――汝程の強弓精兵《つよゆみせいびょう》、八箇国に如何程《いかほど》あるぞ
と訊《き》かれて、実盛は「実盛を弓の名人と思っておられるが、私ぐらいのものは坂東《ばんどう》八カ国にいくらでもおります」と言い放って平家の人々を驚かせた。

かつて坂東武者として武を競った実盛は栄華に慣れて柔弱になった平氏が苛立《いらだ》たしかったのだろう。

寿永二年（一一八三）、京から出陣して木曾義仲《きそよしなか》と戦ったが、倶利伽羅《くりから》峠の戦いで平家は敗れた。実盛は加賀の篠原《しのはら》の戦いで平家軍が逃げ落ちていく中、ただ一騎、踏みとどまった。

木曾勢から名を問われても、あえて名のらずに戦って手塚光盛に討たれた。

実盛は源義朝に仕えていたころ、義朝の子に討たれた源義賢《よしかた》の遺児義仲を助け、ひそかに木曾に逃がしてやったことがあった。

義仲は討たれた武将が実盛ではないかと思い、首実検した。だが、すでに七十を過ぎているはずなのに髪が黒い。不思議に思っていると、郎党の樋口兼光が、実盛は六十を過ぎてからは「老武者とみて侮《あなど》られるのが悔しい」と髪を染めて出陣すると話していたと伝えた。髪を洗ってみると、はたして白くなった。

実盛の生年は不詳だが、『源平盛衰記』には没年七十三とある。

ところで唐の詩人で、「李白を天才絶と為《な》す。白居易（白楽天）を人才絶と為す、李賀《りが》を鬼才絶と為す」として鬼才を謳《うた》われた李賀に「贈陳商」という詩がある。

長安に男児あり
二十にして心は已《すで》に朽ちたり
楞伽《りょうが》は案前《あんぜん》に堆《うずたか》く
楚辞《そじ》は肘後《ちゅうご》に繫《かか》る
人生窮拙《きゅうせつ》あり
日暮《にちぼ》聊《いささ》か酒を飲む
祇今《ただいま》道已《すで》に塞《ふさ》がる
何ぞ必ずしも白首《はくしゅ》を須《ま》たん

長安に一人の男がいる、二十歳にしてすでに心は朽ちてしまった、書物はたくさん持っている、しかし人生には困難がつきまとうもので、今は日が暮れると少々酒を飲み憂《う》さを晴らすばかりだ、将来の道が塞がっている、どうして白髪に老いるのを待つ必要があるだろうか、という詩だ。

李賀は二十七歳で若くして不遇のまま世を去る。痩《や》せ細り、若いころから白髪が多く、生まれつき虚弱でよく病気をした。

苦しげに吟じて詩を作った。詩の発想が浮かぶと書き付けて常に持っている袋に投げ入れた。その様子を見た母親は「心臓を吐き出すまで詩作を止めないだろう」と嘆いた。

必ずしも年齢ではないのだ。死を覚悟して最期の戦いに臨むとき、ひとは白髪になるのだ、と覚えておけばいいのではないか。わたしもそうなのかもしれない。

〈禁門の変〉の埋火《うずみび》

七月五日夜、先斗町《ぽんとちょう》で火事が起きた際は、火災現場近くの店で京都在住の作家や編集者と会食していた。

警察から退避するように言われて、あわてて店を飛び出て四条大橋まで行くと、ひとが鈴なりになって、先斗町を指差し、興奮した様子で話している。

近くのバーに行ってみると、そこにも火事を見た客がやってきて、どの店が焼けたようだ、としきりに話していた。京都のひとにとって先斗町の火事は衝撃なのだろう。

京都の歴史的な大火と言えば、幕末の元治元年（一八六四）、政変によって京を追われた長州藩が勢力回復を狙《ねら》って兵を率いて上洛《じょうらく》して起こした、

——禁門の変
の際の大火がある。

長州軍と薩摩、会津軍の激しい戦闘で市中はたちまち猛火に包まれた。八百町、二

万七千世帯が焼失し、「どんどん焼け」「鉄砲焼け」などと呼ばれた。

ところで現在、〈蛤《はまぐり》御門《ごもん》〉の前に立ってみると、防衛能力のない御所に軍勢が押しかけたら、天皇や公家はさぞ怖かっただろうと思う。

先斗町での火災で、夜空に上がる白煙を見て思ったのだが、京の町民にしても家を焼かれたのだから、過激な尊王攘夷《そんのうじょうい》運動を行った長州を恨んだに違いない。

ところが、この後、長州藩は薩摩藩と薩長同盟を結び、戊辰《ぼしん》戦争で勝利して一躍、時代の主流になっていく。

京の町を灰燼《かいじん》に帰《き》し、いったんは朝敵とされた罪は過去のものになった。もはや憤りを向けるわけにはいかなかった。

罹災《りさい》した京のひとびとにしてみれば納得いかないことだったろう。

同時に攘夷論を唱えていた長州が薩摩とともに作った明治政府は周知の通り開国政策をとった。そのことを知った京のひとびとは首をかしげたのではないか。

実は薩摩の西郷隆盛は亡《な》き主君、島津斉彬《しまづなりあきら》の遺志を守り、開明的な開国を目指していた。明治政府の方針と矛盾はなかったのだ。

しかし、長州は違う。

現代で言えば、選挙後に平然と政策の百八十度転換が行われたことになる。民主主義の時代なら批判の嵐《あらし》を受けて政権は崩壊していたに違いない。

では尊王攘夷運動の過激派だった長州は変節し、攘夷の旗は降ろされたのだろうか。

どうもそうでもないように思える。

長州の攘夷は沈潜し、地下に潜っただけだった。やがて地下の闇《やみ》から水が滲《にじ》み出るように、この国の進路に影響を与えていったのではないか。

たとえば吉田松陰は、アメリカに密航しようとして失敗した後、投じられた野山獄《のやまごく》で『幽囚録』を著している。

この中で、外国の侵略に備えて軍備を十分にしたうえで、

――蝦夷を開墾して諸侯を封建し、間《すき》に乗じて加摸察加《カムチャッカ》、隩都加《オホーツク》を奪い、琉球《りゅうきゅう》に諭し、（中略）朝鮮を責めて質を納《い》れ貢を奉《たてまつ》ること古《いにしえ》の盛時の如くならしめ、北は満州の地を割《さ》き、南は台湾・呂宋《ルソン》の諸島を収め、漸《ぜん》に進取の勢を示すべし。

としている。

すなわち、軍艦や大砲を備えた後、北海道を開墾し、隙《すき》に乗じてカムチャッカ、オホーツクを奪い、琉球もよく言い聞かせ、さらに朝鮮を攻めて、わが国に従わせ、北は満州から南は台湾、ルソンの諸島まで一手に収めて進取の勢いを示すべし、というのだ。

松陰は外国に対抗していくためには、まず近隣地域を併呑《へいどん》して力を蓄えなければならない、としていた。

これが、松陰が考えた、

――攘夷戦
だった。

明治政府の対外政策が必ずしも松陰の構想に従って決定したとは思わない。

だが、明治六年（一八七三）の征韓論（最初は長州の木戸孝允《きどたかよし》が主張したと言われる）問題をめぐる政変、台湾への出兵、琉球王国を琉球藩さらには沖縄県とした「琉球処分」から日清戦争への成り行きを見ているとやはり何かを感じる。

松陰門下から政府の中枢《ちゅうすう》に駆け上り、元勲となった伊藤博文や山県有朋《やまがたありとも》の果たした役割を考えてしまうからだ。

さらにわが国は日露戦争で勝利すると大韓帝国を併合して朝鮮半島を支配する。

昭和に入って満州に進出、第二次大戦ではフィリピン、インドまで手を伸ばしていく。

これらの動きを幕末の長州の攘夷戦がなおも炎が流れるように続いていたと見立てることもできる。

〈禁門の変〉で起きた火災の火はなおも地中深く、埋火のように残り、やがて、再びわが国を焼いたのではないか。

そんな気がする。

孝明天皇の外国人嫌い

観光シーズンなのか、京の町は相変わらず外国人観光客が多い。

道ですれ違いながら、外国語の聞き取り学習ができそうな気がする。

そんなときに思い出すのは、幕末、孝明天皇が外国人を獣のように思っており、生理的な嫌悪《けんお》を感じる攘夷論者だったとされることだ。

日米修好通商条約締結の承認を幕府から求められた孝明天皇は九条関白へ下した宸翰《しんかん》で、

——私の代よりかようの儀に相成り候《そうろう》ては、後々までの恥の恥に候わんや
と嫌悪の情を露わにしている。孝明天皇が攘夷の考えを持ち、幕府の開国方針にノーを突き付けたことが幕末の政局を大きく動かしていくのだ。

孝明天皇の外国人嫌いが歴史の流れを左右したのだが、それだけにいまの京都をご覧になったら、Tシャツやショートパンツ姿の外国人が町を闊歩《かっぽ》する様に怖気《おぞけ》を震わ

れるのではないかと思ってしまう。
もっとも、孝明天皇の外国人嫌いがはたして本当にそれほどのものだったろうか、と以前から気にかかっていた。
なぜなら、江戸時代を通じて京都には、
——阿蘭陀宿
というオランダ人の定宿があったからだ。
江戸時代、長崎の出島にはオランダ商館が置かれ、商館長のカピタンは、貿易の継続と発展を願う、
——御礼
のため江戸へと赴いた。いわゆる「カピタン江戸参府」だ。カピタンの江戸参府では、江戸と京都、大坂、下関、小倉で数日間止宿することが許されていた。
この際の定宿が阿蘭陀宿なのだ。それぞれの都市の阿蘭陀宿は、
長崎屋源右衛門《げんえもん》（江戸）
海老屋《えびや》村上氏（京都）
長崎屋為川《ためかわ》氏（大坂）
伊藤家、佐甲《さこう》家（下関）

である。

大坂屋宮崎氏（小倉）

阿蘭陀宿は、カピタンの江戸参府のおりに一行を宿泊させるが、本業はそれぞれ別にあった。

それでも、カピタンが宿泊すると海外知識を得ようとする大名や学者が訪れ、物珍しさで詰めかける町人も多かった。

カピタンを泊めている間の江戸の阿蘭陀宿はなかなかのにぎわいだった。

浮世絵師の葛飾北斎《かつしかほくさい》の『画本東都遊《えほんあずまあそび》』には、江戸の長崎屋に宿泊したオランダ人を江戸のひとびとが物珍し気に見ようとする様が描かれている。

京の阿蘭陀宿の海老屋は現在の河原町三条下ル大黒町にあった。

現在でも繁華街だが、当時も大名屋敷が立ち並んでいた。海老屋は町人相手の高級宿屋だった。

江戸で将軍と会見を終えたカピタン一行は帰路も京の阿蘭陀宿に四日間泊まり、知恩院や清水寺を訪れ、祇園では八坂神社南門の二軒茶屋で祇園豆腐の豆腐切りを見学したという。

京のひとびとにとって外国人は実際に目にしたことがある存在だった。孝明天皇の耳には外国人のことは入っていなかったかもしれない。

だが、河原町三条の宿に泊まっていた外国人に対して、見たこともない妖怪《ようかい》のように恐れおののくだろうか。

孝明天皇の外国人に対する嫌悪とは、実際には幕府との交渉のために政治的に演出されたものではなかったか。

ヘイトスピーチを繰り返す現代人より、幕末のひとびとは、したたかだったのではないか、と思う。

ところでオランダ商館の医師、エンゲルベルト・ケンペルは、元禄四年（一六九一）と翌五年の二度にわたって江戸に参府しており、この旅での見聞を克明に記録している。その中で京について、京は天皇が住むことから都と呼ばれている。町は山城国の平野にあるなどとしている。また、町の北側には天皇の住む内裏《だいり》があり、家族や廷臣と住んでいると御所のことも記している。

ケンペルは四日市の宿に到着する直前、街道で江戸へ戻ろうとする将軍の使者と出会った。

使者は立派な人物で二挺《ちょう》の乗り物と数人の槍《やり》持ち、一頭の愛馬、さらに馬に乗った七人の家来と徒歩の従僕を従えていた。

ケンペルは敬意の念を持って使者を見送った。ケンペルが遭遇したこの使者は吉良《きら》上野介義央《こうずけのすけよしなか》だった。

吉良上野介は高家《こうけ》筆頭として朝廷との交渉の任にあたっており、この時も役目を終えて江戸に戻るところだった。

後に、赤穂《あこう》浪士によって討たれるおよそ十二年前のことである。

外国人は幕末になって初めて日本人の前に現れるのではなく、歴史の中にひっそりと佇《たたず》んでいたことは覚えておいたほうがいいのではないだろうか。

烈女

明治二十四年（一八九一）五月十一日に起きた、いわゆる、

——大津事件
においてロシアのニコライ皇太子を襲った津田三蔵については、本エッセイでも書いたことがある。この事件で世界的に有名になった日本人女性として、畠山勇子《はたけやまゆうこ》がいることをご存じの読者も多いだろう。

作家、藤枝静男は、「愛国者たち」（『凶徒津田三蔵』講談社文庫所収）で、

——畠山勇子は、ヘルンとモラエスの筆により日本女性の鑑《かがみ》として外国に紹介された女である。

と書いている。

ニコライ皇太子が遭難したとき、政府は大国ロシアを恐れ、皇太子を警備の警官が傷つけた、あまりの不祥事に震えあがった。

明治天皇は翌十二日午前六時半の列車で京都に向かった。明治天皇はニコライ皇太子を見舞って二十一日まで京都に滞在する。

この間、わが国はロシアの報復に戦々恐々として騒然となった。

まだ、明治天皇が京都にいた二十日の夜、畠山勇子は人力車で京都府庁前を訪れた。勇子は地面に白布を敷き、細帯で膝《ひざ》を縛り、露国官吏、日本政府、母親などにあてた遺書十通を膝の前に置いた。そして鋭利な剃刀《かみそり》で腹部を切り、さらに頸動脈《けいどうみゃく》を切って鮮血にまみれて息絶えた。

このとき畠山勇子は二十七歳。千葉県出身で生家はもともと裕福だったが、家産が傾いたため、東京に出て伯爵《はくしゃく》家や銀行頭取の邸《やしき》の下女、魚問屋の奉公人などとして働いていた。

遺書には自分の死を以《もっ》てロシア皇太子に詫《わ》びると書かれていた。

亡骸《なきがら》は京都市下京区中堂寺西寺町の末慶寺に引き取られ、丁重に葬《ほうむ》られた。

ところで、藤枝が紹介しているように、この時期、来日していたラフカディオ・ハーン（小泉八雲）と、後のポルトガル総領事ヴェンセスラウ・デ・モラエスが勇子の行動に衝撃を受け、世界に伝えた。ハーンは事件当時、島根県にいたが、四年後の明治二十八年には末慶寺を訪れ、哀悼するとともに、「勇子――ある美しい思い出」という短編を書いて勇子を外国に紹介した。

また、モラエスはハーンが訪れた十二年後、明治四十年にこの寺を訪れて勇子の墓に参り、『日本夜話』で勇子についてふれた。

ところでハーンを驚かせたのは、事件発生後に、「天子様ご心配」という言葉が広まって社会が粛然となったことだった。

勇子の墓にまで参ったハーンは「勇子自身、西洋人とは異なる過去——数え切れぬ世紀の間、西洋人とは全く異なるやり方で、皆が生き、感じ、考えてきた、そうした過去が付き纏《まと》っている魂の住家にすぎないのだ」としている。西洋とは異質であるという見方には、やがて日清、日露戦争という戦争の時代を迎え、軍事大国化していく日本人への脅威につながるものがあったのではないか。

ところで藤枝は、勇子について、「口数はいたって少なかったが言葉つきはごく叮《てい》嚀《ねい》で気品があり、いつも黙ってにこにこしていて云《い》い争いなどは絶対にせず」と書いている。同時に実家が零落したことから、向上心が強く、「現代日本の女流は惨酷《ざんこく》な待遇を受けています。妾《わたし》はこの不幸な姉妹を救いたいと思います。そのためには如何にしても法律を学ばなければなりません」が口癖だったことにも筆を割いている。

藤枝の作品の中で興味深いのは、勇子が学校への関心が深く、ある日、使いの途中

で九段下の明治女学校を眺めて、その宏壮《こうそう》な様を毎日欠かさずにつけている日記に、

――空に聳《そび》え巍々《ぎぎ》として輝くさま
と興奮して記しているところだ。

明治十八年に創立された明治女学校は北村透谷《きたむらとうこく》、島崎藤村が教師を務めてロマン主義文学の原点となった。さらに、羽仁《はに》もと子や相馬黒光《そうまこっこう》、野上弥生子《のがみやえこ》ら錚々《そうそう》たる卒業生を出したことでも知られる。当時の女性たちにとって憧《あこが》れの的の女学校だった。勇子もまた、明治女学校で学びたかったのだろう。高等教育を受けて社会に羽ばたく夢を抱き続けたに違いない。だが、それがかなわず、日々を送るうち、大津事件を知って、自らが果たす役割があることに気づいたのだ。

勇子は衣類を質入れして費用を調達すると、持ち合わせた剃刀を床屋で研がせた後、新橋を出発した。

自決後、勇子は日清、日露の戦争に向かう時代に烈女として讃《たた》えられる。

しかし、そんな勇子の胸にあったのは、社会で自己実現を図ろうとする、けなげなまでの生真面目《きまじめ》さだったかもしれない。

島原《しまばら》縁起

京都の島原は、なぜ島原というのだろうか、と以前から不思議だった。

島原は江戸の吉原《よしわら》と並ぶ花街として知られた。現在は、揚屋《あげや》建築の「角屋《すみや》」や置屋《おきや》建築の「輪違屋《わちがいや》」、島原大門《おおもん》などが残り、観光名所となっている。

かつて新撰組は壬生《みぶ》の屯所から南へ一キロほどの島原で遊興した。局長の芹沢鴨《せりざわかも》が乱酔して店の膳《ぜん》や什器《じゅうき》、酒樽《さかだる》まで鉄扇で叩《たた》き割って大暴れした。芹沢が壬生の屯所で寝こみを近藤勇一派に襲われて死んだのも、島原で遊び、泥酔《でいすい》した夜だったことを思うと島原は幕末史のエピソードに彩《いろど》られている。

だが、島原は地名ではない。いわば俗称で正式の地名は西新屋敷《にししんやしき》だった。

寛永十八年（一六四一）、それまで六条三筋町（東本願寺の北側）にあった傾城町《けいせいまち》が移転し、新しく屋敷ができたため、新屋敷という名がついた。

なぜ、島原と呼ばれるようになったかというと、傾城町が移る際のどたばたとした混乱ぶりが、ちょうど四年前の寛永十四年に九州の島原で起こった〈島原の乱〉を思わせたからだと伝わっている。

しかし、傾城町の引っ越しを見て、四年前に九州で起きた反乱を思い起こすのは、少し不自然ではないだろうか。京のひとびとにとって「島原の乱」は噂《うわさ》で伝え聞くだけのことだったはずだ。

だが、京のひとびとと〈島原の乱〉を結びつける人物がひとりだけいた。

京都所司代の板倉重宗《いたくらしげむね》だ。徳川家康の信頼が厚かった初代京都所司代、板倉勝重の長男である。

勝重は官僚として用いられ、江戸町奉行、関東代官を務め、京都所司代になった。金地院崇伝《こんちいんすうでん》とともに公家《くげ》諸法度の制定に努め、公家を徳川氏の配下におさめるなど官僚としての有能ぶりを発揮した。

一方、長男の重宗は父の跡を継いで元和六年（一六二〇）に京都所司代となった。重宗は父に劣らぬ能吏《のうり》だと言われた。訴訟を裁く際は障子をへだてて茶を挽《ひ》きながら訴えを聞いた。

人の外見によって左右されずに公正な判断をするためだったという。

そんな重宗には弟がいた。

勝重の次男、重昌《しげまさ》である。

重昌は父や兄に似て優秀で家康の近習出頭人の一人と言われた。それだけに三代将軍家光に重く用いられ、〈島原の乱〉が起きた際には幕府の征討軍の総大将として九州に向かった。

この時、柳生宗矩《やぎゅうむねのり》は重昌を引き留めようと馬で追ったが、間に合わなかった。一万五千石の重昌が九州の大名たちを率いても統制がとれず、戦が長引くだけだ、と宗矩は見たのだという話が残っている。

はたして一揆《いっき》勢の抵抗は強く、幕府軍は鎮圧に手こずり、戦線は膠着《こうちゃく》した。このため、幕府は、〈知恵伊豆《ちえいず》〉のあだ名で知られる老中松平信綱を派遣することを決定した。これを知った重昌は、有能な官僚として順調に出世を遂げてきたプライドが許さなかったのだろう。

松平信綱が到着する前の寛永十五年正月一日、一揆勢が籠《こも》る原城に総攻撃をかけ、自ら先陣に出て戦死した。

幕府軍の総大将が討ち死にしたという衝撃的な報《しら》せは、当然、京都のひとびとにも伝わったはずだ。

そして討ち死にしたのは、京都所司代板倉重宗の弟なのだ、ということも知ったに違いない。新たに移転した傾城町を島原と言った京のひとびとは意地悪だったのだろうか。それとも京都所司代がつぶそうとしても、容易《たやす》くはつぶれない、という意味で島原と呼んだのか。

島原ができて十年後の慶安四年（一六五一）四月、将軍家光が亡くなると、由比正雪《ゆいしょうせつ》の、

——慶安の変
が起きる。この正雪の仲間の丸橋忠弥《まるばしちゅうや》が率いる一隊が、幕府の塩硝蔵《えんしょうぐら》（弾薬庫）に放火し、さらに、江戸市中にも火を放ち、市中を混乱の渦に巻き込むことを目論《もくろ》んでいた。正雪は、駿河《するが》で久能山を攻め落とし、家康が残した金銀を軍資金に天下を掌握しようとした。

ところでこのクーデターでは大坂と京都でも同時蜂起《ほうき》することが計画されていた。大坂では、金井半兵衛らが率いる一隊が大坂城を落とし、京都でも、熊谷三郎兵衛、加藤市郎右衛門らの一隊が、騒動を起こし、二条城を狙うことになっていた。〈慶安の変〉は関ヶ原合戦などで主家がつぶれ、浪人となった武士があふれていた世相が引き起こした。〈島原の乱〉の一揆勢には、西軍だった小西行長の元家臣たちが大勢、含まれていた。言わばふたつの事件の背景には同じ社会的な矛盾があったのだ。

だとすると、当時の京でひとびとが傾城町を、
——島原
と呼んだのは、反体制的で不穏な気配を込めていたのかもしれない。

中原中也の京

中原中也に、「ゆきてかへらぬ」という詩がある。詩の冒頭は、
僕は此《こ》の世の果てにゐた。陽は温暖に降り洒《そそ》ぎ、風は花々揺《ゆす》つてゐた。

とせつなく、けざやかだ。その一節が妙に記憶に残っている。

女たちは、げに慕はしいのではあつたが、一度とて、会ひに行かうと思はなかつた。夢みるだけで沢山だつた。

名状しがたい何物かゞ、たえず僕を促進し、目的もない僕ながら、希望は胸に高鳴つてゐた。

中也の詩は蠱惑《こわく》に満ちている。言い表しがたい何かが、自分を突き動かす。異性への欲望や夢とは違う何かが胸にある。
詩人の中原中也が故郷の山口を出て京都に上ってきたのは、
──十六歳
のときだった。中也は明治四十年（一九〇七）四月、現在の山口市湯田温泉の医者の息子として生まれた。
小学校では優等生だったが、中学に入って成績が極端に落ちた。詩を愛する不良だった中也は落第し、世間体が悪いことから大正十二年（一九二三）京都に出て、立命館中学に編入した。
中也が住んだのは、上京区岡崎西福ノ川、北区小山上総町、聖護院西町九、丸太町中筋、大将軍西町椿寺南裏、上京区今出川中筋通、寺町今出川一条目下ル中筋角などだ。二年間で六回以上も引っ越している。
しかも、この時期、中也は三歳年上の女優、
──長谷川泰子《はせがわやすこ》
と同棲《どうせい》していた。
京都に出た中也は、秋の暮れ、丸太町橋際《ぎわ》の古本屋で高橋新吉の詩集『ダダイスト

新吉の詩』に出会って深く感激する。やがて中也は新吉を訪ねて、終夜、詩を語り合った。中也の下宿には友人の富永太郎《とみながたろう》が連日押しかけて議論した。

富永は、文芸評論家・小林秀雄が、「彼は、洵《まこと》に、この不幸なる世紀に於《お》いて、卑《ひ》陋《ろう》なる現代日本の産んだ唯一《ゆいいつ》の詩人であつた」と二十四歳での若き死を悼《いた》んだ詩人だ。病に苦しみ、酸素吸入のゴム管をみずからはずしたという。

富永の詩、「秋の悲歎《ひたん》」の末尾はこう結ばれる。

――私には舵《かじ》は要らない。街燈に薄光るあの枯芝生の斜面に身を委《まか》せよう。それといつも変らぬ角度を保つ、錫箔《すずはく》のやうな池の水面を愛しよう……私は私自身を救助しよう。

中也と富永は詩に酩酊《めいてい》した。私自身の救助とは何であったか。かたわらには微笑《ほほえ》むファム・ファタル（運命の女）の長谷川泰子がいた。

中也は大正十四年に東京に出る。富永の紹介で小林秀雄を知り、河上徹太郎《かわかみてつたろう》、大岡昇平らと親しくなる。

このとき、小林は長谷川泰子と出会い、数カ月後には同棲して中也との「奇妙な三角関係」となった。中也の負った傷が深かったことは言うまでもない。

京都には淫靡《いんび》なまでに美しい青春の夢があったが、東京には過酷でむき出しの現実があった。しかし、恋の魔都であることにおいては、やはり京都がまさったかもしれない。

昭和三年（一九二八）、東京の中野町谷戸に長谷川泰子と住んでいた小林は諍《いさか》いから出奔し、泰子と別れることになる。

小林は大阪に赴き、さらに金が無くなると親戚を頼って京都に行った。

親戚は西本願寺の前で仏書屋を営んでいた。小林は親戚の世話で西本願寺に近い、油小路御前通り下ルの旅館におよそひと月ほど泊まった後、奈良へと向かった。小林はあたかも虎《とら》が猟師に撃たれた傷を山中で癒《いや》すかのごとく関西を放浪した。小林の「Xへの手紙」にはこんなことが書かれている。

——女は俺の成熟する場所だつた。書物に傍点をほどこしてはこの世を理解して行かうとした俺の小癪《こしやく》な夢を一挙に破つてくれた。

小林にとっては、女性とは何かだけでなく、人間とは何かに開眼していく時期であったかもしれない。

ところで、中也は昭和十二年、結核のため鎌倉で亡くなる。中也の死後、小林によって詩集『在りし日の歌』が出版され、詩人としての高い評価を受ける。

とはいえ、享年《きょうねん》三十。中也もまた富永同様に若くして世を去った。

ひとは輝かしい光に満ちた夢のごとき何かに駆り立てられて生き急ぐ。それが「青春」かもしれないが、近頃、同じものが「老い」の中にもあるのではないかと思わぬでもない。

死を予感した心のざわめきが似ているからだ。

忍ぶ恋

上京区今出川通千本東入ル北側《いまでがわどおりせんぼん》、般舟院陵《はんじゅういん》の奥に小さな塚があり、その上に五輪塔が建っている。

寂しげな塚で、真偽はさだかでないのだが、

――式子《しきし》内親王墓
と伝えられている。

式子内親王は後白河法皇の第三皇女で賀茂《かも》神社の斎院《さいいん》となり、病気で退下するまで十年間、つとめた。

新古今和歌集の代表的な女流歌人でもある。

斎院は伊勢神宮の斎宮と同様、神に仕える天皇家の女性だ。清浄であることを求められるから当然、未婚だ。禁じられると却《かえ》って恋への関心は強まるし、神秘的であることが異性の興味もそそるのだろう。

以前にもふれたが『伊勢物語』での在原業平《ありわらのなりひら》と伊勢の斎宮との密会などの挿話となってきた。
まして式子内親王は、
——忍恋《しのぶこい》
の歌人と言われる。新古今和歌集に、
玉の緒よ絶えなば絶えねながらへば忍ぶることの弱りもぞする
という式子内親王の歌がある。わたしの命よ、絶えるのならばいっそのこと絶えてしまえ。これ以上、生き永らえると忍ぶ恋心が弱ってしまう、という和歌だ。
このほかにも、式子内親王の恋の歌は多い。
忘れてはうちなげかるる夕べかなわれのみしりてすぐる月日を
わたしだけが永い歳月、思い続けてきたのだ、ということをふと忘れて嘆いてしまう夕べよ、とまさに忍ぶ恋を歌い上げる。さらに、

わが恋はしる人もなしせく床の涙もらすな黄楊《つげ》の小枕《おまくら》
わたしの恋を知っている人はいない。だから、涙をせき止めている、「黄楊」の枕よ、そのことをひとに告げたりはしないでおくれ、と歌う。
このような激しい和歌に託された想《おも》う相手がきっといたに違いないと誰でも考えるだろう。それは誰なのか、知りたくなるのが人情だ。
実は昔から、式子内親王の恋人は院御所の家司《けいし》をつとめていた、
――藤原定家《ふじわらのさだいえ》
ではないかとされてきた。言わずと知れた新古今時代を代表する歌人である。式子内親王の情熱あふれる歌をしっかりと受け止めた相手として定家ほどふさわしい人物はいない。実際、藤原定家が式子内親王に恋慕の情を抱いて、その思いが葛《かずら》になって内親王の墓に巻きついたという伝説があり、「定家」という謡曲になっている。式子内親王墓と伝えられる塚の周辺は、定家が百人一首を選ぶ際に籠ったとされる山荘の時雨亭《しぐれてい》の跡地であり、このあたりから定家との関わりが昔のひとびとに印象づけられたのかもしれない。

もっとも、近年、式子内親王の恋の相手は定家ではないと見られるようになった。

定家は源平争乱の時代を生きながら、

——紅旗征戎《こうきせいじゅう》吾ガ事ニ非《あら》ズ
世間は平家討伐の戦の話で盛り上がっているが、わたしには関係ないと言い放つ芸術家肌の男で、神経質で時に狷介《けんかい》ですらある。

恋人としての甘やかさに欠ける気がするのだ。事実、定家の日記、『明月記』には式子内親王のことが素っ気なくしか書かれてはいない。

では、本当の恋人は誰かと言えば、

——法然《ほうねん》
ではないかという説がある。『式子内親王伝　面影びとは法然』(石丸晶子、朝日文庫)によれば、法然には正如房という女性にあてた手紙があるという。その手紙は長文で法然は正如房にせつせつと極楽往生の仏の道を説いている。

法然のやさしさは正如房、すなわち式子内親王へのいとおしみ、愛情抜きには考えられないという。

そのことの当否はわたしにはわからないが、式子内親王が皇女とはいえ、内乱の時代を生きて、その境涯は不安と隣り合わせであったことは見逃せない。

法然は混迷の世にあって、ひとびとを救うべく立ち上がった宗教者であり、そのために法難にもあい、流罪《るざい》となっている。

そんな法然に無常の世を生きる式子内親王がすがりたいと思っても不思議はない。実際、法然から汚濁《おじょく》にまみれた現世ではない、清らかな浄土への往生を説く懇切な手紙が届いたとしたら、まず湧《わ》いてくるのは感謝の気持だろう。そして感謝の思いは恋に似ている。

法然にはすべての衆生を救いたいという思いがあっただろうし、式子内親王がそれによって救われたとすれば、それも恋だと言える。

恋とは何か。

そのことを式子内親王の歌は問いかけている。

阿修羅

京都に仕事場を持って、意外だったのは奈良が近いことだ。電車で一時間もかからない。関西のひとには当たり前のことなのだろうが、九州の人間には京都と奈良はもっと遠いイメージがある。そこで、それだけ便利ならば、と時おり奈良へも足を延ばす。

先日は、興福寺の五重塔が六年ぶりに特別公開され、例年七月七日だけ開扉《かいひ》される三重塔も同時公開されるということで行ってみた。

五重塔は、天平二年（七三〇）に藤原不比等《ふひと》の娘光明《こうみょう》皇后が建立《こんりゅう》した。その後、五回の被災、再建を繰り返したという。

開扉にあたっては読経が行われ、その後、拝観した。

初層の四方には、薬師三尊像、釈迦《しゃか》三尊像、阿弥陀《あみだ》三尊像、弥勒《みろく》三尊像が安置されている。古仏は厳《おごそ》かで時空を超えた神秘さを湛《たた》えている。一方、三重塔は、康治二年

（一一四三）に創建されたが、治承四年（一一八〇）の南都焼討で焼失し、鎌倉時代に再建された。平安時代の様式の優美さがある。

ところで興福寺に来たからには国宝館を覗《のぞ》いて阿修羅像を見ていこう、と思った。国宝館を訪れて仏像を見てまわると、やはり、目を引くのは阿修羅像だ。

阿修羅はもともとインドの悪神で釈迦によって教化され八部衆の一つとして仏教の守護神になった。

本来、戦いの神なのだが、興福寺の阿修羅像は紅顔の美少年の眉根《まゆね》を寄せ、愁《うれ》いを含んだ表情が人気を集めている。見ているとせつない気持が湧いてくる。考えてみると、阿修羅像が作られた奈良時代は、「少年と女性の時代」でもあった。

飛鳥《あすか》の藤原京から奈良の平城京に遷都《せんと》した元明《げんめい》天皇は女帝である。元明天皇が即位したのは息子の文武天皇が亡《な》くなり、孫の首皇子《おびとのみこ》がまだ幼かったためだ。

さらに元明天皇の後を娘の元正天皇が継ぐ。

首皇子が成長するまでの中継ぎというよりも、後継者と定めた少年を祖母と伯母が守り育てるため意志的に天皇に即位した、と見るべきだ。

この首皇子が成長して聖武《しょうむ》天皇となると、かたわらには光明皇后がいて、守り、支える。やがて聖武天皇と光明皇后の間に生まれた娘が孝謙（称徳）天皇という女帝になっていくことを思うと、奈良時代を「少年と女性の時代」だとみなすことは、あながち間違いではないだろう。

阿修羅像が戦いの神でありつつ、せつない美しさでひとの心をゆさぶるのはそのためかもしれないのだ。

だが、それだけではない。

このような「少年と女性の時代」には演出を担当したプロデューサーがいた。すなわち、

――藤原不比等
である。不比等は天智《てんじ》天皇のブレーンであったとされる中臣《なかとみの》（藤原）鎌足《かまたり》の息子だが、〈壬申《じんしん》の乱〉の後、官界で目立った動きは無い。当然のことながら、〈壬申の乱〉のおり、中臣氏の一族は近江《おうみ》朝についていた。

このため、近江朝を倒した天武天皇が開いた天武朝では、不比等は鳴かず飛ばずの官僚として若い時期を過ごしたようだ。

しかし、天武天皇の後を継いだ女帝の持統天皇に見出《みいだ》されて、急速に宮廷官僚として力をつけた。

不比等は自分の娘、宮子《みやこ》を文武天皇の夫人とすることに成功した。この結果、宮子

夫人が産んだのが首皇子である。

前述したが文武天皇が亡くなったとき、首皇子は幼かった。ほかの男性の天皇が立てば、後に首皇子が天皇となることは難しくなる。

思惑がはずれた不比等は窮地に陥った。

そこで女帝に仕えて官僚として出世した経験を持つ不比等が実行したのが祖母―伯母の女帝リレーによって首皇子の成長を待ち、自らの孫を天皇にするというプランだったのではないか。

このプランの策定にあたっては、不比等の妻であり、永年、宮廷に女官として仕え、当時のキャリアウーマンだった県犬養《あがたいぬかい》（橘《たちばなの》）三千代《みちよ》の知恵も大きな役割を果たしたに違いない。言うなれば夫婦合作での男女共同参画事業だった。

不比等はさらに、自らの娘光明子を首皇子の妻にすることで、この計画をより完璧《かんぺき》なものにしていく。わが国の歴史は女性の力によって作られたと言えるだろう。

利休の気魄《きはく》、一休の反骨

京都に来て、何回も訪れたのは大徳寺《だいとくじ》だ。京都ではお寺をその特徴から「〇〇面《づら》」と表現する。

詩文にすぐれた僧を輩出した建仁寺は「学問面」、武家の信仰が厚い南禅寺は「武家面」、組織運営にすぐれた妙心寺は「算盤《そろばん》面」、そして大徳寺は「茶面」だ。

大徳寺は、千利休《せんのりきゅう》が帰依《きえ》してから、茶道との関わりが深く、ほとんどの塔頭《たっちゅう》に茶室があるのだ。また、利休は、大徳寺の三門（金毛閣）の造り替えのために寄進をした。

この際、三門に利休の雪駄《せった》履きの木像が祀《まつ》られた。

これが豊臣秀吉の怒りを買い、利休が切腹にまで追い込まれたのは有名な話だ。

だが、大徳寺と言えば「茶面」だけではない。臨済宗大徳寺派の大本山である大徳寺が大灯国師（宗峰妙超《しゅうほうみょうちょう》）により開基されたのは正中二年（一三二五）だ。〈応仁の乱〉のときに建物は焼失したが、一休宗純が堺《さかい》の豪商らの協力を得て復興した。大徳

寺は言わば、

――一休さん

の寺でもあるのだ。しかし、一休宗純はなぜ「さん」づけで呼ばれるのか。

本来なら「様」なのだろうが、イメージからはほど遠い。

一休の「とんち話」は十七世紀中ごろの寛文八年（一六六八）に刊行された仮名草子『一休咄《ばなし》』が始まりで、江戸時代にも一休伝説の出版は、『続一休咄』、『一休関東咄』などが相次ぐ。現代でもアニメで「一休さん」が活躍するのだから、一休はわが国でも有数のアイドルだ。

しかし、なぜなのだろう、とアニメの主題歌を耳によみがえらせながら考えた。

一休は後小松天皇の御落胤《ごらくいん》だと言われる。史実かどうか確かめようはないが、本人はこの噂を否定しなかったようだ。

才気にあふれ、十五歳のとき、すでに都で詩才が評判となった。

多感で激情的だった一休は西金寺《さいこんじ》の謙翁《けんおう》の門を叩き、弟子となった。しかし謙翁が亡くなると、絶望して入水《じゅすい》自殺をはかった。

運良く助けられて一命をとりとめた一休は、二十七歳のある夜、琵琶湖《びわこ》を渡るカラスの声を聞いて忽然《こつぜん》と大悟したという。

一休はその後、京都や堺の市中に出ると常にぼろ衣をまとい、腰に大きな木刀を差し、尺八を吹いて歩いた。さらに正月には、墓場で拾った髑髏《どくろ》をのせた杖《つえ》をつき、正月とは死へ近づいただけのことだ、と嘯《うそぶ》いた。

木刀を持ち歩いたのは、真の禅僧は少なく、木刀のような偽坊主《にせぼうず》が世をあざむいているという一休の皮肉だった。一休は何よりもおのれに嘘《うそ》をつかなかった。壮年以後は、公然と酒を飲み女犯《にょぼん》すら行った。

一休が大徳寺を再興したのは、創建した大灯国師が五条の河原で、当時のホームレスのひとびとにまじって二十年間、托鉢《たくはつ》行を続けた峻厳《しゅんげん》な禅僧だったからだ。一休は大灯国師のようでありたいと思ったのだ。庶民の中にあって、虚飾と権威を嫌い、どこまでも純粋だった。このため国民的な人気を博し、「さん」と親しみをこめて呼ばれたのだ。

戒律きびしい当時の禅宗界では異端の振る舞いだった。だが、戒律でおのれを縛り、自らに嘘をつくことは生きていく真実から逃げることでしかなかった。

七十歳をすぎた晩年の一休は森侍者《しんじしゃ》と呼ばれた目の不自由な美女を愛した。一休の詩集『狂雲集』には、

――美人陰有水仙花香

という詩がある。「陰」はすなわち、女性の陰部だ。

美人の陰は水仙のような甘い香りがする、という意味になる。その一節は、

楚台《そだい》はまさに望むべく
更に攀《よ》ずべし
半夜の玉床　愁夢《しゅうむ》の顔
花は綻《ほころ》ぶ一茎　梅樹の下
凌波《りょうは》の仙子　腰間をめぐる

と露骨に情事を描写する。これが、真実なのか、それとも老詩人の虚構の詩なのかは、実はどうでもいいことだ。一休は八十八歳で没するまで、自分という人間の存在の根源を見続けたということなのだろう。

その中に森侍者への愛情があったことは確かなのだから。

ところで、「わび茶」の創始者とされる村田珠光《むらたじゅこう》は一休に帰依して、茶道に禅を取り入れたと言われる。千利休の号は、

——名利、既に休す

の意味か、あるいは、

――利心、休せよ
であるとされるが、「休」の字を同じくすることから考えて一休を意識するところがあったのではないか。

もしかすると利休と秀吉の相克《そうこく》を芸術家と権力者の対立と考えるのは、近代的な見方に過ぎるのかもしれない。芸術はもともと権力者に奉仕するもので、芸術家自身のものになったのは後世のことだ。

利休の気魄は、一休に通じる禅者の反骨だったと考えたほうが、わかりやすいのではないか。

彦斎《げんさい》

河上彦斎は、熊本藩士で、幕末に〈人斬《ひとき》り彦斎〉と呼ばれて恐れられた。

近年ではコミックの「るろうに剣心」のモデルとされて関心を持たれたが、あいにく彦斎自身の人気が出たようには思えない。

もともと彦斎は土佐の岡田以蔵《おかだいぞう》、薩摩《さつま》の田中新兵衛、中村半次郎（桐野利秋《きりのとしあき》）などと比べると人気がないようだ。ほかの〈人斬り〉たちが、土佐勤王党の武市半平太《たけちはんぺいた》や長州尊攘派の久坂玄瑞《くさかげんずい》ら大物志士の指示に従って暗殺を行ったのに比べて、彦斎は明らかに自らの思想で斬っている真正のテロリストだ。だからこそ、敬遠されるのだろうか。だが、史実の彦斎は小柄な上、

――婦人のごとし
と言われるほどの美貌《びぼう》で声や物腰も女性を思わせたというから、ちょっと剣心に似てはいないか。さらに吉田松陰の親友だった熊本藩士、宮部鼎蔵《みやべていぞう》から兵学を学び、国

学者の林桜園《はやしおうえん》の薫陶《くんとう》を受けており、和歌もたしなむなど、勤王の志士としての筋目も素養もそなえていた。

だが、勝海舟が、彦斎はあまりに簡単にひとを斬ると恐れをなして、「ひどい奴《やつ》だったよ」と言い残したこともあって、冷酷な暗殺者の印象が強い。なにより、海舟にとって義弟で吉田松陰の師でもあり、開国論者だった兵学者の佐久間象山《さくましょうざん》を斬ったことが彦斎のイメージを暗くした。

象山は信州の松代《まつしろ》藩士、幕府の命により、上洛《じょうらく》すると公家に開国論を説いていた。象山は長髯《ちょうぜん》をたくわえ、身長五尺八寸（約百七十五センチ）の堂々たる体軀《たいく》、豪奢《ごうしゃ》な衣服で西洋鞍《ぐら》の愛馬に乗って京を往来した。眼光鋭く、見るからにただ者ではなかった。

元治元年（一八六四）七月十一日の白昼、象山は山階宮《やましなのみや》邸を辞して、馬で帰路についた。高瀬川沿いの寓居《ぐうきょ》へ戻る途中で彦斎らに襲われた。彦斎は右足を前に出し、左足を後ろに引いた独特の構えで馬上の象山に斬りつけた。象山は転落、止《とど》めを刺されて死亡した。享年、五十四。

彦斎が象山の暗殺を思い立った理由としては、開国論はもちろんだが、この時期、象山が、天皇が京都にいては尊攘派に利用されるため、彦根城に迎えてはどうか、と

松代藩主に献言していたことがある。さらに、象山は、

――（天皇を）彦根城へ遷幸の後は、ついに皇居を東国に遷《うつ》し、
として、天皇の江戸への遷座から、

――江戸遷都
まで考えていた。天皇を移し、江戸を名実ともに首都として、開国、さらに近代国家建設を象山は考えていたのだろう。

幕府の勘定奉行などを歴任した小栗忠順《おぐりただまさ》は、郡県制度を提唱した。近代国家建設への腹案は幕府にあった。むしろ、この時期の尊攘派は攘夷一点張りで、さほどの国家構想は持たなかった。それゆえ彦斎は象山を斬ったのだ。

しかし、江戸遷都は明治維新後になって実現する。

慶応四年（一八六八）七月に江戸は東京と改称される。九月には東京行幸が実施され、江戸城を東京城と改め皇居とする。行幸した天皇は、いったん京都に還幸したものの、翌年、再幸した。この際、明治政府の中枢《ちゅうすう》である太政官も京都から東京に移った。

この時、東京は実質的に首都になったのだ。しかし、実は東京が首都となった日ははっきりしない。古代の遷都であれば天皇の詔《みことのり》によって定められるのが当然だが、

明治維新の東京遷都の場合は天皇の詔も政府の布告も無かった。

徳川幕府が倒れ、王政復古の大号令が行われたが、古代から引き続いた天皇制の国家が復活したと言えるのだろうか。

象山が考えた遷都は、幕府が中心となって近代国家を建設していくためのものだった。明治政府の「東京遷都」は、幕府が薩長に変わっただけで、実際には薩摩や長州など武士勢力が政権を掌握するために、天皇を京都から引き離したという意味では象山の考えに近いものだった。

長州の山県有朋《やまがたありとも》は、「東巡（東京再幸）の義は（中略）九重深宮《ここのえしんきゅう》の旧弊を一洗せんとするにあり」として、東京遷都は朝廷改革のためだ、としている。薩長が望む天皇制国家は東京遷都によって実現したと言えるかもしれない。ところで彦斎は幕末の混乱期には故郷の熊本で獄中にあり、明治の世まで生きのびた。しかし、明治政府の開国方針には不満を抱いていた。東京遷都に反発した公家の外山光輔《とやまみつすけ》と愛宕通旭《おたぎみちてる》らが、
反乱を企てた、

——二卿《にきょう》事件
の与党として彦斎は捕らわれ、明治四年十二月四日東京で斬罪《ざんざい》となった。三十八歳。

彦斎は斬るべき相手を間違えたのだ。

三条木屋町《きやまち》の「長浜ラーメン」

京都でたまにラーメンを食べる。

さほど食べる機会が多くないのは、若いころ福岡でトンコツラーメンをたっぷり食べたからだ、と思う。東京に初めて行ったとき、食堂でラーメンを注文したら醤油《しょうゆ》味のものが出てきて、「これはソバだ」と憤慨した。

ラーメンといえばトンコツだと思い込んでいた。ところでトンコツラーメンの発祥の地は、博多ではなく久留米だと地元では固く信じているし、わたしもそう思っている。

昭和十二年（一九三七）、久留米市の「南京千両《なんきんせんりょう》」という屋台の長崎県出身の店主が、ふるさとのちゃんぽんから考案した。このとき生まれたスープは、

――清湯《チンタン》スープ
と呼ばれる透明に近いものだったらしい。ところが、それから十年後、別の屋台の

店主が豚骨を入れた鍋《なべ》をうっかり煮立たせてしまい、偶然、白濁スープができた。これが美味《おい》しかったことから現在のトンコツラーメンが生まれた。

なぜ、こんなことにこだわるかというと、哲学者の鷲田清一《わしだきよかず》さんの『京都の平熱』（講談社学術文庫）を読んでいたら、京料理が主流と思われがちな京都は、実はラーメン屋が多い、「ラーメン王国である」として次のように書かれていたからだ。

――それも屋台では「老舗《しにせ》」が軒を連ねる。（中略）木屋町にある（博多名物の）「長浜ラーメン」は、わたしの子どもの頃にもあったから、かれこれ開店五十年ほどになるのではないだろうか。

（『京都の平熱』）

厳密に言えば、「長浜ラーメン」は「博多名物」ではない。「長浜ラーメン」は、福岡市中央区長浜で生まれたラーメンだ。福岡と博多の相違については、二〇一四年のNHK大河ドラマ「軍師官兵衛」をご参照願いたい。

関ヶ原合戦の後、徳川家康から封じられて筑前《ちくぜん》、博多に乗り込んできた黒田如水《くろだじょすい》（官兵衛）、長政親子が博多とは那珂川《なかがわ》をはさんで西側に黒田家ゆかりの中国地方の地名、「福岡」を持ち込んで城下町を築いた。長浜は博多ではなく、福岡なのだ。

昭和三十年、長浜に全国一の漁港水揚高を誇る鮮魚市場が開場した。開場とともに市場で働くひとのために屋台が立ち並んだ。

魚市場で働くひとたちは忙しく、気が急《せ》いていることから、ゆで時間を短くするために細麺《ほそめん》で、早食いできるように一杯の麺の量を少なくし、おかわりの〈替え玉〉ができるというやり方が定着した。〈替え玉〉が前提だからスープも濃い。

これに対して博多ラーメンは、名物の〈水炊《みずた》き〉から生まれ、現在ではトンコツと融合しているが、もともとは鶏《とり》ガラの醬油味スープだった。

わたしも学生時代や社会人となってからも「長浜ラーメン」は食べていた。

それだけに、京都に来てから三条木屋町で「長浜ラーメン」ののれんを見たときはぎょっとした。一瞬、福岡市に戻ったのか、と思って酔いがさめた。その日以来、気にはなるのだけれど、まだ店に入ったことはない。京都に来てまで、福岡のラーメンを食べることはない、という屈折した郷土愛があるのはたしかだが、それだけでもない。

福岡での「長浜ラーメン」は飲んだ後のシメである。それもラーメンだけではなく、焼酎《しょうちゅう》を注文し、プラスチックのありふれたコップに注がれた焼酎を飲みながら食べるものなのだ。

食べているときの気分はというと荒《すさ》んでいた。

三十数年前のことになるけれど、仲間と東大教授のI先生をお呼びして講演会を開いた。打ち上げに飲んで、最後は深夜の長浜のラーメン屋台だった。

穏やかで知的なI先生は、そんな焼酎とラーメンのシメまでつきあって、専門のマルクス経済学についてわかりやすく質問に答えてくださった。

正直に言うと本を読んでもわからないことが、I先生の話を聞くと、すぐに頭に入った。学者というのは、偉いものだな、と思った。

そんな感慨を抱きつつも心穏やかでなかったのは、そのころ何事かをやっていくことの難しさに直面していたからだろう。ひとは正しいことをなそうと信じて集まるのだが、いつまでも一緒にいられるとは限らない。亀裂《きれつ》が入るし、対立が起き、憎悪《ぞうお》すら生まれる。

そんな場合は、どうしたらいいのでしょうか、とI先生に訊《き》きたかったが、困らせてはいけない、と思って口をつぐんだ。

焼酎で酔いつぶれるころ空が白み始めた。夜が明けようとしていた。

そんなことを思い出すから、いまでも「長浜ラーメン」ののれんを見ると、心ざわめく。

西郷の舵《かじ》

二〇一八年のNHK大河ドラマは、西郷隆盛が主人公だという。そこで、
――京の西郷
について考えてみたい。西郷は謎《なぞ》である、という見方がある。尊王攘夷《そんのうじょうい》の志士でありながら、同じ尊攘派である長州藩を幕府の征長軍参謀として追い詰めたかと思うと、一転して薩長同盟を結び、倒幕を目指した。変転ただならぬ権謀術数の政治家だということになる。
――大西郷
としてリスペクトされているが、実は長州も幕府も裏切っているではないか、という見方だ。
だが、これは西郷が幕末の政局では、前半戦に登場したプレイヤーであると考えればわかることではないか。前半戦は西郷の主君、島津斉彬《しまづなりあきら》や松平春嶽《まつだいらしゅんがく》、水戸《みと》斉昭《なりあき》ら

が一橋慶喜を将軍として挙国一致体制をつくり、開国を迫る外国勢力に対抗しようとする政治路線をめぐって行われた。

島津斉彬はペリー来航以前から工業技術の育成などに取り組んでおり、わが国の近代化を果たしつつ国際社会に出ていこうとした、

——開明開国派
だった。松平春嶽も同様で、春嶽の懐刀《ふところがたな》であった橋本左内《はしもとさない》も大坂の蘭学者緒方洪庵《おがたこうあん》の適塾《てきじゅく》出身だけに開国して近代化を果たそうとする〈開国の志士〉だった。西郷も島津斉彬を信奉する開国派だったと言える。

斉彬と春嶽が尊攘派の総本山ともいうべき水戸斉昭の実子である一橋慶喜を将軍とすることは、トリッキーな政略のようだが、慶喜の聡明《そうめい》は世間に知られており、将軍となれば、斉昭のような攘夷に凝り固まった政策はとらないだろう、という期待があった。実際、後に将軍となった慶喜は長州尊攘派と対決しつつ開国路線を貫いていくから、斉彬や春嶽の見通しはこの点では間違っていなかった。

西郷は斉彬の意を受けて将軍継嗣問題で左内とともに奮闘する。だが、斉彬は急死し、〈安政の大獄〉を断行した井伊直弼《いいなおすけ》の強圧政治に敗れる。盟友の左内も刑死し、進退窮まった西郷は、勤王僧の月照《げっしょう》とともに錦江湾《きんこうわん》で入水自殺を図る。

西郷にとって無念だったろうが、月照は死に、生き残った西郷は奄美《あまみ》大島へと流される。

一般に〈安政の大獄〉は開国を決断した井伊直弼が朝廷の周辺で活動する尊攘派を弾圧したとされる。しかし、左内と西郷は将軍継嗣問題で井伊直弼と対立した開国派だった。いわば政府部内における首班指名をめぐる暗闘での敗者であり、尊攘派として弾圧されたわけではない。

遠島になった西郷は三年後、斉彬亡き後、薩摩藩の支配者となっていた島津久光が朝幕周旋に乗り出すことになったため、かつての外交担当者としていったん島から呼び戻されるが、久光とは合わず、ふたたび島流しの身となった。このころから、薩摩を動かしていくのは、大久保利通《おおくぼとしみち》である。

西郷は幕末後半の出来事となる生麦《なまむぎ》事件、長州藩の外国船砲撃、薩英戦争などとは無縁に過ごす。

長州藩が尊攘派として過激化し、時代が混迷を深めたとき、大久保は事態収拾のために西郷の外交能力を用いるべきだ、と久光に進言し、西郷はようやく復帰が叶《かな》い、京に出てきた。

西郷は幕末の政治ゲームで序盤に登板し、さらに最終局面で再登板する。このことが西郷の存在感を大きくした。このときの西郷の政治的な立場はかつての斉彬構想を基にした薩摩、土佐、越前、宇和島藩などの雄藩連合の実現であり、公武合体派に分類されるものだった。このため尊攘派の長州とは政治的に対立しており、幕府の征長戦に協力することに何の不思議もなかった。だが、朝廷の参与会議として実現にこぎつけた雄藩連合はすぐに破綻《はたん》する。時代遅れであることを西郷は薄々感じていた。しかもこの時期、将軍となった慶喜は一橋、会津、桑名《くわな》藩による、いわゆる、——一会桑《いちかいそう》政権を政治的基盤として、薩摩などの外様藩を排除しようとしていた。親藩だけで幕府を支え難局を乗り切ろうとする発想に、西郷は「井伊直弼と同じではないか」と違和感を持ったはずだ。

盟友の左内が斬首され、西郷自身も入水自殺を図ることになったのは、すべて慶喜を将軍とするためだった。だが、実際に将軍になった慶喜は西郷たちの理想とは遠い存在だった。

西郷は明治になってから西南戦争で敗死するが、最後まで携帯していた革文庫に、一通の手紙が収められていた。

将軍継嗣問題に奔走していたころに書かれた左内から西郷宛《あて》の手紙だった。

西郷は、左内の手紙を亡くなる瞬間まで肌身離さず持っていたのだ。それだけに慶喜に対して「許せぬ」と思っただろう。

西郷が倒幕へ舵を切ったのはこのときではないだろうか。

紫式部の惑い

『源氏物語』の「桐壺《きりつぼ》の巻」では、光源氏がまだ七歳の若宮だったころ、父である帝《みかど》によって鴻臚《こうろ》館《かん》に遣わされる。

帝は鴻臚館に優れた人相見の高麗人《こまうど》が来ているというのを聞いてこのことを思い立った。帝はできることなら二の宮である光源氏を東宮（皇太子）にしたいと思っていた。

だが、一の宮の母は右大臣の娘でもあり、後見する人のいない光源氏を東宮にすることはできそうになかった。そこで、光源氏の将来を人相見に占わせようと思い立ったのだ。

はたして高麗人の人相見は、不思議そうに首をかしげながら、

「帝となる相をお持ちだが、そうなると国が滅び乱れるかもしれません。帝の補佐として活躍するかというとそれもまた違うようです」

と言った。このことから帝は光源氏の将来性を感じとって、臣下として扱うのは惜しいものの、親王にすれば、帝になろうとしている疑いを持たれるだろうとの親心から、元服後は源氏を名乗らせた。

こうして華麗な『源氏物語』は始まるのだが、この高麗人の人相見の占いは、奇妙なものだった。

光源氏が、父がひそかに望むように帝になれば国は乱れる。かといって帝を補佐するひとでもないという。

光源氏が生涯にわたって女性の愛を求め、彷徨《さまよ》い続ける人生を歩んだことを考えると高麗人の占いは正鵠《せいこく》を射ていたことになるが、はっきりとしたことを言わないもどかしさは何なのだろう。作者がこの場面を描いた理由は別にあるかもしれない。

鴻臚館は、古代に外国からの来客を滞在させ、接待する迎賓館として平安京、難波《なにわ》、筑紫（福岡）の三カ所に設けられた。

京では街を南北に貫く朱雀大路《すざくおおじ》の七条以北の東西にふたつの鴻臚館が設けられていた。東鴻臚館は後の島原付近にあったらしい。京の鴻臚館を利用したのは主に、

——渤海国《ぼっかいこく》
の使節だった。ということは、光源氏の人相を見たのは渤海国の人相見だったこと

になる。

渤海国は七世紀末から十世紀初頭に朝鮮半島の北部から、ロシア沿海州、中国東北部に及ぶ地域を支配した王国で、

――海東の盛国
などとも称された。わが国と交わり、奈良、平安時代に三十回以上も使者を派遣してきた。

朝廷では渤海使を歓待し、詩文の会などを催していた。

だが、渤海国は九二六年、わが国の延長四年、契丹《きったん》によって滅ぼされ、二百数十年の歴史に幕を閉じた。

紫式部は渤海国が亡《ほろ》びておよそ五十年後に生まれているから渤海使を見たわけではない。それなのになぜ鴻臚館の高麗人の人相見を物語の発端に登場させたのだろう。

紫式部の父、藤原為時《ふじわらのためとき》は長徳二年（九九六）に越前守《えちぜんのかみ》に任じられ越前国に赴任した。この時のエピソードがある。為時は受領《ずりょう》となることを希望していたが、空いている国がないと希望が通らなかった。そこで為時は、

苦学ノ寒夜

紅涙襟ヲ霑《うるお》ス
除目《じもく》ノ後朝《こうちょう》
蒼天眼《そうてんまなこ》ニ在リ

と詠《よ》んだ。夜の寒さに耐えながら勉学に励んだが、望みの官職に就けなかった。失望のために眼から血の涙が出て、着物の襟を赤く染めた。だが、翌朝には、眼にしみる空の青さを仰ぎ見るように、望みが叶い、晴れ晴れとしたいという詩だ。

この詩を目にした一条天皇は感動して泣き、藤原道長の配慮で為時は越前守になれたのだという。

為時にしてみれば意気揚々としての赴任だった。

しかし、為時の妻である紫式部の母は式部の幼少期に亡くなっていた。このため式部は老齢の父の世話をするべく、生涯でただ一度だけ京を離れ、二年ほどを越前国で過ごした。

このころ、式部は二十三歳ぐらいで、結婚への焦《あせ》りに似たものがあったとしても不思議ではない。

長徳元年、若狭国《わかさ》（福井県西部）に宋《そう》の商人が漂着して越前国の松原客館に集められていた。

その交渉相手として漢文の才を持つ為時が選ばれた。

実際、為時は宋人に会い、漢詩を披露したようだ。この時、宋人の一行の中に占い師がいたとしたら、為時は愛するわが娘の将来を占ってもらいたいと思ったのではないか。式部にしても自分の運命を知りたい時期だったはずだ。

光源氏が鴻臚館で見てもらった人相見の高麗人の言葉が何となく煮え切らず、将来の富貴《ふうき》を約束するものでも不遇を暗示するものでもないのはそのためではないか。越前国で寂しい思いをしていた式部の、

——惑い
がうかがえる気がする。

『京都ぎらい』を読む

京都初心者のわたしは、京都を嫌いになることができるほど、京都のことを知っているわけではない。

だから、ベストセラーである井上章一氏の『京都ぎらい』（朝日新書）を読んで、なるほど、嵯峨《さが》そだちだと、京都人とは見なしてもらえないのか、恐ろしいなあ、などと思った。

京都のひとから見れば九州などは、この世の果てのように思われているのだろうな、と九州人のわたしはひがんでしまう。

とはいっても、戦国のころ、武田信玄が今わの際《きわ》に「瀬田（京都の入口）に旗を立てよ」と言い遺《のこ》したように、上洛は男たちの夢だった。

幕末ともなれば、政治の中心となり、西郷隆盛、桂小五郎《かつらこごろう》、高杉晋作《たかすぎしんさく》といったヒーローたちが続々と京にのぼった。

一方、これに対抗するべく近藤勇《こんどういさみ》、土方歳三《ひじかたとしぞう》、沖田総司ら新撰組グループも東国から上洛して尊王攘夷の志士たちと血で血を洗うバトルを繰り広げる。

地方在住の若き志士たちにとって戦いの聖地であったことに思いを馳《は》せると、容易に受け入れてくれないツンデレ状態であったほうが「さすがは――」と思えて、受け入れられたときの達成感を募らせることができるのではないか。

だから、京都はそのままでいて欲しいなどと思うのは、京都は自分と無縁のところに存在していると思う、まったくの部外者の感想なのだ。

ところで同書の最後のあたりで、嵯峨の天龍寺は後醍醐《ごだいご》天皇の祟《たた》りを恐れた足利尊氏《あしかがたかうじ》が鎮魂のために建立したお寺なのだと述べられている。

そして、御霊《ごりょう》信仰の話へと進む。梅原猛氏が『隠された十字架――法隆寺論』（新潮文庫）で法隆寺は聖徳太子《しょうとくたいし》一族の怨霊《おんりょう》を封じる寺であると論じたことにもふれる。天龍寺が後醍醐天皇の怨霊を封じるために建立されたことと通じるものがあるからだ。

同書によれば自らが打ち負かした者の祟りを恐れ、魂鎮《たましず》めの寺社を建てるという敗者へのおびえは中世まではあったが、その後、薄れていったという。

特に明治維新後の政府は自分たちが亡ぼした政敵の鎮魂に努めていないことが指摘

されている。

これは、目からウロコだった。

明治政府が成立するまでに戊辰《ぼしん》戦争で会津や越後長岡などで戦火が広がり、多くの人命が失われた。

このようなとき、かつての政権は亡ぼした敵の怨霊を鎮めるために神社を建て、祀ってきたのだ。

ところが明治以降、祀られるのは靖国《やすくに》神社のように政権のために亡くなったひとばかりだ。

西南戦争を起こして政権への反逆者となった西郷隆盛が靖国神社へ祀られないのは、不思議に思っていたが、考えてみると、上野公園の銅像は西郷さんが祟らないように建てられたのかもしれない。

西郷の死後、二十一年を経た明治三十一年に行われた除幕式の際、西郷夫人の糸子《いとこ》は「宿んしはこげんお人じゃなかったこてえ（うちの主人はこんなお人じゃなかったですよ）」と言ったと伝えられる。

西郷の銅像は犬を連れて狩猟をしているときの姿らしいが、たしかに偉人として飾りたてている姿ではない。

糸子夫人が言いたかったのは、実際の西郷が浴衣《ゆかた》姿で人前に出るような無作法な人物ではなかったということなのだろう。

なにはともあれ、政府への反逆者であった西郷を立派な軍服姿にするわけにはいかなかったのだ。

だとすると、西郷の怨霊をなだめる意味合いも中途半端《はんぱ》なものだったと言える。あるいは違う意図だったのか。

それだけに軍服ではない親しみやすい西郷像が国民的な人気を永く保ったことの意味は大きい。

西郷は時空を超えて権力者の側ではなく、庶民の側に立つことになったからだ。

それにしても祟らないで欲しいと亡ぼした敵を祀る国家と、政権に従い、命までも捧《ささ》げた者だけを祀る国家とでは大きく違う。

国家への忠誠の尽くし方はそれぞれに違うかもしれない。政府の敵はすべて国家の敵であり、いったん敵対すれば死んでからも敵であるとするのはどうだろうか。

怨霊を信じることは迷信なのかもしれないが、敵を斬り捨てて顧みない近代の合理的な非情さよりは人間らしく思える。

一方で、それは、ひとの不幸のうえに自分の幸福は成り立っているのかもしれない、と反省する気持でもあるだろう。

もし、歴史の上で敗者に対して勝者がそのような気持を持てない、とするならば、世界は勝者の楽園のままで、永遠に和解は訪れないことになる。

そんなことも『京都ぎらい』を読んで感じた。

龍馬の手紙

幕末の志士、坂本龍馬の愛刀や手紙など約百九十点を集めた特別展覧会「没後150年　坂本龍馬」を京都国立博物館に見にいった。

高校生のころから司馬遼太郎《しばりょうたろう》『竜馬がゆく』ファンなので展示されている物の存在は知っているのだが、実際に見るのは初めての物ばかりで、衝撃的だった。

龍馬の愛刀「陸奥守吉行《むつのかみよしゆき》」「埋忠明寿《うめただみょうじゅ》」と脇差《わきざし》の三口が同時に展示されているのが目玉のひとつだ。刀剣愛好家にとっては何よりの展示だろう。

慶応三年（一八六七）十一月、龍馬が暗殺された京都、近江屋《おうみや》の部屋に飾られていた「梅椿図」の掛け軸も見ることができる。軸の下の部分に血痕《けっこん》が残り、この軸のすぐそばで龍馬は死んだのかと生々しい感慨を覚える。

だが、何といっても現存する龍馬の手紙百通ほどのうち、約七十通を目の当《ま》たりにできることが今回の展示の魅力だ。あたかも龍馬がそこにいて語りかけてくるような気がする。

龍馬の文章は自由奔放で独特のリズムがある。特に姉の乙女《おとめ》や乳母のおやべ、姪《めい》の春猪《はるい》にあてた手紙からはユーモアとともに龍馬の人物像がつたわってくる。

乙女が「出家して山の奥にでも入りたい」と愚痴を言ってきた手紙には、前書きで、

けしてべちや〳〵シャベクリにハ、ホ、ヲホ、ヲいややのけして見せられるぞへ

決してひとに見せるなと念を押したうえで、山の奥へ入りたいとは、

ハイハイヱヘンをもしろき

として、諸国行脚をするやり方を面白おかしく紹介しつつ、出家はやめたほうがいいとさりげなく忠告している。

同じ手紙の中で、

日本を今一度せんたくいたし申候《そうろう》事

という有名な言葉もあるから、龍馬にとっては国家の大事も姉の人生の岐路も区別なく考えられていたのだろう。また、春猪への手紙では、
おしろいにて、はけぬり、こてぬり
とかわいがっていた姪に顔を塗りつぶすほど白粉《おしろい》を塗れ、とからかう手紙を書いている。もっとも、この手紙は慶応二年一月二十日に京都で書いたものだとされる。この時、龍馬は薩長同盟に奔走し、京都に乗り込んだ。ところが長州の桂小五郎（木戸孝允）に会ったところ、せっかく京都まで出てきていながら、薩摩との交渉が進んでいない。激怒した龍馬は薩摩屋敷に乗り込んで西郷吉之助（隆盛）に話し合いを進めるよう強く説得した。そんな日の夜に書いた手紙だから姪っ子にストレスをぶつけてしまったようだ。
ところでこのような龍馬の文章のリズミカルなところは、「ちょぼくれ」などの門《かど》付《づ》け芸の「祭文語り《さいもんかた》」を思わせる。山伏などがほら貝や錫杖《しゃくじょう》などを鳴らして面白おかしく祭文を語り、門付けして米銭を得て歩いた。これが、やがて大道芸になった。た

とえば、
地面も値下で引合わない、家主樽代《たるだい》節句もない、抱いた子供のやり場がない、吉原この節空地がない、勘三羽左衛門芝居がない、船宿一人もお客がない、駕籠《かご》かき飛ばせる声がない、
などという語りに龍馬の文章は通じてはいないか。

幼いころ龍馬は門付け芸人の語りを聞いて面白がったのかもしれない。

このような文章の感覚の違いが龍馬とほかの志士たちとを分けるのだ。

当時の志士の素養は漢籍である。中国から伝わった漢詩は士大夫が左遷《させん》されたことを憤《いきどお》るものが多い。

自らの覚悟の見事さを表すことで悲境にある自分の正当性を主張する。あるいはエリートとして自己陶酔する。龍馬の盟友であり、土佐勤王党の領袖《りょうしゅう》だった武市半平太には、次のような漢詩がある。

花は清香に依《よ》つて愛され

人は仁義を以《もつ》て栄ゆ
幽囚も何ぞ恥づべき
只だ赤心の明らかなる有り

これが志士の生き方なのだ。だが、龍馬は違う。門付け芸のような語り口で庶民世界に根差しているのだ。龍馬は庶民の代表としての現実主義と合理性をもって政治に関わり、エスタブリッシュメントと対決していく。このような庶民世界に身を置いて政治を行うことを、
――民主主義
というのではないか。龍馬がいまもなお人気がある秘密だと思う。

時代祭

京都三大祭のひとつである時代祭を見にいった。

時代祭は明治二十八年（一八九五）から始まり、今年（二〇一六）で百十二回目だ。明治維新から平安時代までの衣装をまとった二千人が京都御苑《ぎょえん》から平安神宮まで都大路を練り歩いた。

京都御苑前は見物客が多そうだから、と思って三条大橋で待ち構えた。

当然、ここも見物客が鈴なりで、カメラの列の間からのぞき見るぐらいだ。

やがて騎馬が来て、横笛を吹く維新勤王隊の少年たちの隊列がやってくる。

官軍側なのだろうけど、少年だけに会津の白虎隊《びゃっこたい》のようにも見える。

だが、これは東北での戊辰戦争に際して丹波北桑田郡山国村（現在の右京区京北）の有志が山国隊を組織して官軍に加勢したときの行装にならったものだという。なるほど、凜々《りり》しくてカッコイイのだ。

吉村寅太郎《よしむらとらたろう》、高杉晋作、中岡慎太郎、坂本龍馬、西郷吉之助、桂小五郎、その後に頼三樹三郎《らいみきさぶろう》、梅田雲浜《うめだうんぴん》、橋本左内、吉田松陰、平野国臣《ひらのくにおみ》などの志士たちが続く。

幕末に日本を訪れた外国人の目には本物に似ているような、そうでもないような。サムライはこんな風に見えていたのだろうか。

行列に橋本左内が入っているのは〈安政の大獄〉で刑死したからだろう。だが、左内は本来、開国派で一橋慶喜を将軍にしようと活動したことが、大老・井伊直弼に憎まれた。いわば幕府内における暗闘での犠牲者だ。偉人には違いないが、尊王攘夷派の志士たちとは少し肌合いが違うのではないかという気がする。

それでもかまわないのだろうか。歴史小説家としては気になるところだ。

ともあれ、見物を続けていると江戸時代から豊臣秀吉、織田信長などの戦国時代の英雄が登場する。

さらに忠臣、楠木正成《くすのきまさしげ》などの名だたる武将から平安の王朝文化の時代へと延々と行列が続いていく。

橋の上だから、ちょっと怖い気がするが、すぐ近くを行列が通るだけに馬や牛が大きくて迫力がある。

それに、思ったよりもリアリティがあるのだ。

行列のうち、主な女性を紹介すると、徳川家に降嫁《こうか》した和宮、歌人の大田垣蓮月《おおたがきれんげつ》、京都の富豪・中村内蔵助《なかむらくらのすけ》の妻、祇園《ぎおん》で茶屋を営んだ歌人・お梶《かじ》、絵師・池大雅《いけのたいが》の妻、吉野太夫《よしのだゆう》、出雲阿国《いずものおくに》などがいる。さらに淀君《よどぎみ》、藤原為家の室（阿仏尼《あぶつに》）、静御前《しずかごぜん》、巴《ともえ》御前、清少納言、紫式部、小野小町、和気清麻呂《わけのきよまろ》の姉・広虫《ひろむし》も登場する。女性たちのひとりひとりに物語があるから語り出したら何時間あっても足らないだろう。

行列の見物にも疲れて近くのカフェでコーヒーを飲んだ。

そしてこの長大な行列が実はお供に過ぎないことを思った。御鳳輦《ごほうれん》（祭神の乗る御輿《みこし》）を中心とした神幸列こそが時代祭の中心なのだ。

平安神宮は明治二十八年、平安奠都《てんと》千百年祭を行なうさいに、平安京を創始した桓《かん》武《む》天皇を祭神として創建された。

昭和十五年（一九四〇）平安京最後の天皇であった孝明天皇を合祀《ごうし》した。つまり、京都が都だった時代の最初と最後の天皇が祀られているということになる。

時代祭の神幸で先に進む御鳳輦が孝明天皇、後の御鳳輦が桓武天皇である。両祭神が一年に一度、巡幸して市民の安らかな様をご覧になるというのが、時代祭の本義である。

行列を彩《いろど》った志士や武将、そしてはなやかな女性たちも御鳳輦の従者に過ぎない。

両祭神の供をした行列のおびただしいひとびとは、その後は、ゆらめいて消えてしまう陽炎《かげろう》のようなものなのかもしれない。

見方によっては、わが国の歴史そのものを表しているようにも思える。

われわれはどこから来たのか、そしてどこへ行こうとしているのかを時代祭は問いかけているかのようにも思う。

ところで、近頃、新聞紙面をにぎわす、

——生前退位
という言葉の感情がこもらない、つめたい響きはどうなのだろう。なぜ、

——譲位
ではいけないのか。さらに言えば天皇が譲位されれば、皇太子が、

——即位
されることになる。

まことに慶事ではないか。

奉祝すればいいだけのことのはずだが、われわれは、いったい何を恐れているのだろう。

恐れるのは、自らの心のうちにそれがあるということだ。しかし戦後七十一年を経て乗り越えられないはずがない。

もう少しわれわれは歴史を信じてもいいのではないか。

時代祭を見物してそんなことを思った。

司馬さんのソファ

「えっ、司馬さんのソファが展示されているんですか」

わたしは驚いた。

先日、東大阪市の司馬遼太郎記念館でお話をする機会があった。お話といっても講演は苦手なので、新潮社の編集者のT氏との対談という形にしていただいた。

住宅地にひっそりとたたずむ司馬遼太郎記念館は歴史小説家にとってはいわば聖地で、数年前にもおうかがいした。

建築家安藤忠雄氏の設計になる窓が大きく開放的な建物には独特の爽快感《そうかいかん》がある。圧巻なのは地下一階の展示室にある「大書架」だ。高さ十一メートルという三階分の吹き抜けに相当する空間の壁面いっぱいの書棚に二万冊の本が展示されている。

司馬さんの自宅の玄関、書庫、廊下の書棚には六万冊の蔵書が収められており、その様子をイメージしてもらうための展示だという。

対談の会場となったホールには永年の司馬ファンの皆さんが詰めかけて、わたしのつたない話も熱心に聞いていただきありがたかった。

ところで、対談後に上村洋行館長とコーヒーを飲みながらお話ししていたところ、「没後20年　司馬遼太郎展―21世紀〝未来の街角〟で」の話題になった。同展は現在開かれている北九州市立文学館（平成二十八年十二月四日まで）を皮切りに大阪、高知、横浜などで平成二十九年まで開かれる。

会場では『竜馬がゆく』の単行本あとがきの自筆原稿が初公開されているほか、司馬さんが初期のころに使っていた文机《ふづくえ》や産経新聞京都支局の記者時代、宗教記者クラブにいたころ、よく司馬さんが横になって本を読んでいて、

――司馬さんのソファ
として語り継がれた記者室のソファが展示されているという。

「あのソファですか」

わたしが感慨を覚えたのは京都に仕事場を持って間もないころ、〈司馬さんのソファ〉を見たいと思って、親しくしている産経新聞のY記者に頼んで西本願寺の宗教記者室を訪れて見せてもらったことがあるからだ。

何の変哲もない長椅《ながい》子《す》に違いないのだが、宗教記者時代の司馬さんを思い起こさせるものがあった。

記者時代の司馬さんは、宗教とともに京都大学も担当した。

後の作家司馬遼太郎を作り上げる栄養素はこの京都での記者時代の経験が大きいのではないかと思う。

戦時中、従軍して戦地に行く際に司馬さんは親鸞《しんらん》の言行録『歎異抄《たんにしょう》』を持っていったという。また、真言密教にも関心が深かった。

弘法大師空海を描いた『空海の風景』や織田信長の石山本願寺攻めで門徒を守って戦う雑賀《さいか》孫市《まごいち》が主人公の『尻啖《しりくら》え孫市』などの作品の素地は記者時代にできたのではないか。また、桑原武夫、吉川幸次郎、多田道太郎、貝塚茂樹といった碩学《せきがく》たちと交流することになるのも、京大を担当してアカデミズムの世界に通じていたからだろう。

もっとも、司馬さんは、文学部などの文系はあまりまわらず、もっぱら理系の学部をまわったと「足跡―司馬氏自身による自伝的断章集成」で述べている。

――回るのは自然科学畑ばかりで、文・法・経には行ったことはなかった。私はひそかな文学青年のつもりでしたが、ついに文学部の教授とは知り合いにもならなかったし、またそっちの方のニュースは抜かれてもいいと思ってました。

なぜ、文学部をまわらなかったのだろうと不思議な気もするが、個人的な領域の部分を仕事と重ね合わせたくない、という気持はわからなくもない。

ところで司馬さんが宗教記者時代に横になっていたソファがあった西本願寺には幕末、新撰組が屯所を置いていた時期がある。

元治二年(一八六五)三月、新撰組は壬生《みぶ》の屯所が手狭になったとして西本願寺に移った。

西本願寺は幕府と敵対する長州藩と縁があり、長州藩士は西本願寺を頼りにしていた。このため幕府側として圧力をかける意味もあって西本願寺に移転したらしい。屯所として使用したのは寺内の北東にあった北集会所《きたしゅうえしょ》と太鼓楼だった。

新撰組は、境内で隊士の切腹や斬首を行ったほか、大砲の訓練を行い、さらにブタを飼育するなどした。

このため西本願寺は困り果て、二年後には移転費用を全額負担して不動堂村に新しい屯所を提供し、新撰組に出ていってもらった。

司馬さんがそのことに思いをいたさなかったはずはない。

ひょっとすると司馬さんは記者時代に『燃えよ剣』や『新選組血風録』で活躍する土方歳三や沖田総司を思わせる人物と西本願寺境内ですれちがったのではないだろうか。

落柿舎《らくししゃ》

秋になれば嵯峨野を訪れようと思っていた。

なかでも右京区嵯峨小倉山緋明神町《ひのみょうじんちょう》の、

――落柿舎
は俳句に関心があるひとなら一度は訪れたい場所だ。

渡月橋から天龍寺方面へ歩き、その北方にある竹林を抜けると休耕田の向こうに茅《かや》葺《ぶき》の家が見える。生垣に囲まれた小さな平屋だ。

松尾芭蕉の門下、蕉門十哲《しょうもんじってつ》の一人で落柿舎の主人である向井去来《むかいきょらい》は、慶安四年（一六五一）長崎の後興善町《うしろこうぜんまち》に儒医、向井元升《げんしょう》の子として生まれた。長崎出身であることから同じ九州人として親しみを感じる。

元禄二年（一六八九）秋、里帰りした去来が京都へ帰る際、見送りに来たひとたちに残した句がある。

君が手もまじる成《なる》べしはな薄《すすき》
風に揺れる薄を見送りのひとが振る手になぞらえて、あなたが振る手もまじってい
るのだろう、という何でもない句なのだが、なぜかいとおしい思いが湧《わ》く。
落柿舎の門を入ると主人の在宅を知らせる蓑《みの》と笠《かさ》が掛けられている。いかにも俳人の住まいらしい閑雅さだ。
落柿舎の名の謂《いわ》れは、庭に柿の木が四十本ほどあり、都から来た商人が一貫文で柿の実を買った。ところが、その夜、去来が寝ていると一夜のうちに柿の実は落ちてしまった。翌朝、商人に金を返してやり、自ら落柿舎の去来と名乗ったのが始まりだという。
去来の落柿舎を芭蕉が初めて訪れたのは、元禄二年である。
元禄四年には四月から五月まで滞在して、その間に『嵯峨日記』をしたためている。
芭蕉への去来の心遣いは厚く、
——我貧賤《ひんせん》をわすれて清閑に楽しむ
と芭蕉を感激させている。

ところで俳句は熟年の芸術だと思うのは、わたしひとりの感慨かもしれない。だが、俳句は、
——黄昏《たそがれ》
に似合うと思っている。もはや、人生の最終コーナーをまわったときに、口をついて出るのは、長広舌《ちょうこうぜつ》の論ではなく、一片の、
——句
ではないか。
ただし、歩んできた人生の血の匂《にお》いを漂わせて、ほのかに夕焼けの緋色《ひいろ》に染まっているのかもしれない。こんなことを思うのは、去来は晩年、妻と子を得たからだ。
妻は可南《かな》という名で、
——五条坂遊女ナリ
ともいう。もとは遊女であったかもしれないが、俳句の素養があった。
罌粟《けし》咲や雛《ひな》の小袖《こそで》の虫はらひ
麦の穂におはるる蝶のみだれ哉《かな》

いずれも可南の句だ。

可南の俳句のあえかな味わいは心根の清々《すがすが》しさを感じさせる。

四十五歳にして去来は、ひとの親になった。

長女はとみ、二女はたみと名づけた。

だが、幸福は永く続かない。宝永元年（一七〇四）九月十日、去来は世を去る。享《きょう》年《ねん》五十四。

可南は去来の霊前に句を手向けた。

ふして見し面影かへせ後の月

十歳のとみの句がある。

さや豆を手向けて悲し後の月

翌年一月、雪の日に墓参りしたおりの八歳のたみの句は、

雪汁に裾《すそ》をそめけり墓の前
である。
いずれもせつない。
ところで去来の俳号の由来はよくわからないが、杜甫《とほ》に『江村《こうそん》』という漢詩がある。

清江一曲《せいこういっきょく》村を抱いて流《いだ》れ
長夏江村《ちょうかこうそん》事事《じじ》に幽《しず》かなり
自《おのずか》ら去り自ら来《きた》る梁上《りょうじょう》の燕《つばめ》
相親しみ相近づく水中の鷗《かもめ》
老妻は紙に画《えが》いて棋局《ききょく》と為《な》し
稚子《ちし》は針を敲《たた》いて釣鉤《ちょうこう》を作る
多病須《ま》つ所は惟《た》だ薬物
微軀《びくこ》此の外に更に何をか求めん

生涯、苦難の中にあり、哀傷の思いを抱き続けた杜甫だが、この詩では穏やかな村での妻子との暮らしに心安んじているようだ。
——自ら去り自ら来る梁上の燕
自ずから去り、自ずから来る燕は自由な去来の心であったのかもしれない。

三十三間堂

京都に初めて来たのは学生のときだった。

いまはどうなっているのだろうか。わたしの学生のころは学生相談所というものが各都市にあってアルバイトを紹介してくれた。

そこで夏休みにアルバイトをしつつ国内旅行をしようと計画した。まず、当時、通っていた大学のある福岡市でバイトして旅費をためた。さらに東京の大学の寮は夏休みで学生が帰省すると、その学生の部屋に泊めてくれることを知っていたので申し込んだ。

着替えなどの大荷物をリュックに背負って可能ならば日本半周ぐらいはしようかという勢いで京都に出てきた。京都の学生相談所で紹介してもらったアルバイトは工務店かどこかが新しく建てたビルに資材を運び込む仕事だった。

力仕事はいくつもしていたから、何ということもないと思った。大きな段ボール箱を両手で抱えてビルの中に入ったが、下が見えなかった。床に置いてあった平たい段ボール箱につまずいた。

鉄の機材かなにかが入っていたのだろう。ひどく硬く、重くて左足の親指の爪《つめ》が半ばはがれた。労災などの対応がしっかりした工務店ですぐに病院に連れて行かれ、治療を受けさせてくれた。爪を半分ぐらい切ったのではなかったか。血まみれになった親指を包帯でぐるぐる巻きにされた。

さすがにアルバイト代はもらえなかったと思うが、十分な手当をしてもらえてありがたかった。

医者からは夏のことだから化膿《かのう》するので清潔にしていなさい、と言われ、「まだ、旅をしたいのですが」と言うと「もう帰りなさい」と叱《しか》られた。だが、そんな気になれなかった。

親指に包帯が分厚く巻かれているので、靴がはけないから下駄を買った。

雨が降り出したので用意していた頭からすっぽりかぶるだけのカッパを着ると、下駄をはいたテルテル坊主のような恰好《かっこう》になった。

その姿でここだけは見たいと思っていた三十三間堂に行った。

三十三間堂の正式名称は蓮華《れんげ》王院《おういん》本堂。京都市東山区の天台宗妙法院の境外仏堂だ。

本尊は千手観音で、堂内中央に本尊をまつり、左右それぞれ十段の階段に約五十体ずつ、合わせて千体の千手観音像が立ち並ぶ。

本尊の背後のものを加えれば千一体だ。しかし、実はわれわれの目にそう見えるだけで、法華経《ほけきょう》では観音菩薩《ぼさつ》は三十三通りに姿を変えると説く。だから、立ち並ぶ観音像は三万三千三十三体なのだ。その姿は荘厳、華麗でありつつ神秘的だ。一体ずつ、じっくり見ていると、ひたすら圧倒されるばかりで呆然《ぼうぜん》とした。

これらの千手観音の中に会いたいひとの顔が必ずある、という言い伝えがある。

会いたいひととは誰かわからないままに、ただ観音菩薩の顔に見入った。

ところで三十三間堂では江戸時代に「通し矢」が行われた。三十三間堂の西側の長さ六十六間（約百二十メートル）の縁側を、左右上下いずれにも触らず、矢を射通すのだ。

弓道自慢の武士が藩の名誉をかけて通し矢の数を競った。特に紀州藩と尾張藩の争いが激烈となり、寛文九年（一六六九）、尾張藩の星野勘左衛門が八千本の記録を樹立して「大矢数《おおやかず》」の日本一となった。

だが、十七年後の貞享《じょうきょう》三年（一六八六）に紀州藩の和佐大八郎《わさだいはちろう》が八千百三十三本の記録を打ち立てた。

このとき、若い大八郎が途中で疲労困憊《こんぱい》して弓を射ることができなくなった。大八郎がうずくまっていると、名も知れぬ中年の武士が近づき、「手に血がたまっているのだ」と言って、小柄《こづか》で掌を切り、血を抜いて治療した。これによって大八郎は立ち直り、大矢数を達成できた。名も告げずに立ち去った武士は、実は星野勘左衛門だったというエピソードがある。

もちろん史実かどうかはわからないのだが、高校生ぐらいのころにこの話を何かで読んで「カッコいいなあ」と感銘を受けたものだ。

そんなことを考えながら歩いていたが、雨が降り、蒸し暑い中、包帯がしだいに汚れるのを見て親指が化膿しないかと不安になってきた。それでも、まあ、いいかと思って京都駅から新幹線に乗って東京へ向かった。

東京では東京外語大の寮に泊まった。寮に入ると顔も知らない学生のベッドで寝た。読書家らしくベッドのそばには文庫本が積まれていた。何冊か拾い読みをしつつ、このままではさすがに親指が心配だから帰らなければと考えた。

そのとき、星野勘左衛門みたいなおとなの漢《おとこ》が現れて素早く治療して助けてくれたら、とも思った。

だが、わたしの人生での星野勘左衛門との出会いはまだ先のことだった。

みやびあはれ

抜けるような青空だった。

紅葉が山容を彩る季節、京都、鳴滝《なるたき》の、

――身余堂《しんよどう》
を訪ねた。戦前、太宰治、檀一雄らも所属した、「日本浪曼派《にほんろうまんは》」の中心であった文芸評論家、保田與重郎《やすだよじゅうろう》が晩年を過ごした山荘だ。

現在では保田について知るひとは少いのだろうか。戦前、古典の世界に沈潜して日本を描き出し、多くの支持者、ファンを獲得しながら、あるいはその精神性が軍部に忌避されたのか、三十四歳にして召集され、病身で大陸へ渡った。戦後は一転、公職追放され、戦争協力者として文壇からも締め出された孤高の文学者と言えばよいのだろうか。

評論家、橋川文三は『日本浪曼派批判序説』で保田が登場した時代思潮を「昭和七、

八、九年頃の挫折《ざせつ》・失意・頽廃《たいはい》の状況こそ、そのような昭和の青春像の原型を打ち出したものであった」としている。いわば昭和六年の満州事変以降の時代が産んだ日本回帰のあだ花であったとするのだが、必ずしもそれだけでは十分でないだろう。明治以降の近代化という名の西欧化の中で「日本とは何か」が大きなテーマであったことは想像に難くなく、さらに江戸時代を通じて、わが国の根幹をなすものは何かを問う本居宣長《もとおりのりなが》ら国学者の登場は、歴史の中で同じ問いが発せられてきたのだという証明かもしれない。つまるところ、保田與重郎は歴史の中に常にいて、変わり続けたのは抑圧者の側ではないかと思う。それは戦前も戦後も同様なのだ、などということを考えて、数年前にも身余堂を訪ねたのだが、門扉が閉ざされていて塀越しに見るしかなかった。
此度は新潮社のKさんの仲介で管理者の方に話を通してもらい拝見することができた。

身余堂は御陵への参道途中の台地上にあり、京都市街を眺められ、石清水《いわしみず》、生駒《いこま》、愛宕山《あたごやま》、小倉山への眺望が開ける。山林に接し、いまも猪《いのしし》、鹿、狸《たぬき》などが訪れるという。

陶芸家、河井寛次郎《かわいかんじろう》の高弟、上田恒次《うえだつねじ》の設計になる瓦葺《かわらぶき》、白い漆喰壁の伝統的な建築技法による家屋は囲炉裏などもあって清々しい風情《ふぜい》に包まれている。

八重の枝垂《しだ》れ桜がある前庭から赤松と雑木林が続く中庭、借景としての嵯峨野へと続く雅《みやび》な美しさは京の山荘ならではのものだ。

保田の書斎、終夜亭には永年使い込んだ文机がそのままに置かれ、主亡《あるじな》きあとも、書棚の万葉集、新古今和歌集とともに一個の文人の姿を彷彿《ほうふつ》とさせる。

書斎は家屋の北西にあるだけに寒さが厳しい。

保田は夜遅くまでの来客があったり、あるいは泊まっていくひとがあったりしても決して原稿執筆の姿をひとに見せなかったという。深夜、書斎から、あたかも文字を彫り、刻むかのように文章を紡《つむ》ぎ出すカリカリという万年筆の音を夫人が漏れ聞いたばかりだ。

何度も繰り返し読む保田の文章がある。『日本に祈る』(保田與重郎文庫15、新学社)所収の、「みやらびあはれ」だ。戦後初めて保田が公《おおやけ》にした文章には、戦敗れて後、病の身で帰国した際のせつなる心情が語られる。

文中で昭和十四年に沖縄に行ったことが想起される。わが国で唯一《ゆいいつ》、地上戦が行われた沖縄を思い、悲痛の念にかられてのことだろう。しかも保田が軍の病院で生死の境を彷徨《さまよ》っていた時に会った軍医が沖縄出身であった。保田は朦朧《もうろう》とした危篤《きとく》状態の

中で、

——沖縄沖縄
とつぶやいていたという。この時、保田の脳裏に浮かんだ沖縄がどのようなものだったかうかがい知ることがわたしにはできない。揺曳《ようえい》する物語であろうし、敗戦、重篤の病という極限の状態に通底する心情であったろうと想像するだけだ。

ところで、わたしは今年（二〇一六）、沖縄に三度行き、そのつど、辺野古《へのこ》と高江を訪れた。〈無法地帯〉とおどろおどろしく描かれる高江だが、わたしはそのようなものは目にしなかった。ただ、非暴力で闘う沖縄のオジイやオバアとそれを助けようと全国から集った人々を見ただけだ。敗戦の経緯から見れば、連合国軍による占領から継続する米軍基地の存在は、独立国に他国の軍事基地があるという屈辱であるに違いない。いかに安保体制によるものだとその必要性が強調されても、ひとびとの矜持《きょうじ》や感情は別だ。

沖縄の住民の闘いはアメリカの軍支配へのレジスタンスだと考えることもできよう。

ところでこの日は身余堂を管理する出版社、新学社の方にご案内いただいたのだが、その中で「晩年の保田與重郎は多くの支持者、弟子に囲まれて幸福だった」と教えていただいた。これはとても大切なことのようにわたしには思えた。

わが国の戦後は国家としての在り様を見失った。

その中にあって、山荘に籠《こも》り、自らの筆を曲げなかった保田を支え続けたひとたちがいたことは、時代への魂のレジスタンスだとわたしには感じられたのだ。

『柳生《やぎゅう》武芸帳』の秘密

保田與重郎の話を続ける。保田は週刊新潮で『柳生武芸帳』を連載して剣豪小説ブームを起こした作家、五味康祐《ごみやすすけ》の師だった。

五味は明治大学在学中に学徒出陣した。中国を転戦し、戦後復員すると上京して、職業を転々としながら、昭和二十八年（一九五三）に「喪神」で芥川《あくたがわ》賞を受賞、その後、剣豪小説でベストセラー作家となった。五味の作品には、日本人の心性が描かれている。それは保田が率いた日本浪曼派の美学に通じるものがあったのかもしれない。

五味は、敗戦と同時に世評が逆転しても動じなかった保田を終生、尊敬し続けた。

たとえば「桜を斬《き》る」という短編がある。

寛永御前試合で、ふたりの居合の達人が技を競う。桜の花を散らさずに枝だけを斬れという難題だ。

まずひとりが、花ひとつ散らさず、見事に枝を斬る。これに対して、もうひとり、油下《ゆげ》清十郎が桜に向かう。

清十郎は太刀を鞘《さや》に収めると、これも枝を拾い上げて、ゆっくりこちらへ歩み出した。二三歩来たとき、一斉に、泣くが如《ごと》く降るが如く全木の花びらはハラハラハラと散った——

「おお……」

粛然として、思わず嘆声を洩《も》らす一同の耳に、

「油下清十郎の勝ち」

凜《りん》とした審判の声が響いた——　（「桜を斬る」）

清十郎の勝ちを宣したのは柳生宗矩《むねのり》である。

これを桜が散る抒情《じょじょう》の美を良しとしたのか、戦時中の散華《さんげ》の精神に通じる感銘であったかを考えても始まらない。五味の精神はこれを良しとしたということだろう。

一方、五味の代表作である『柳生武芸帳』にはこんな読み方がある。

映画やドラマに登場する柳生一族は言わば徳川幕府のCIAのような存在である。

だが、五味の描く柳生一族は幕府の専横に憤《いきどお》りを抱く後水尾《ごみずのお》天皇の命により、まだ三

歳の高仁《すけひと》親王、さらに弟皇子《みこ》の命を奪ったのだ。なぜ後水尾天皇が酷《むご》い命を下したかと言うと、ふたりの皇子はいずれも徳川家から入内《じゅだい》した東福門院和子（徳川秀忠の娘）が産んだ男子だったからである。

後水尾天皇は高僧に紫衣《しえ》を許すという権限に幕府が介入した〈紫衣事件〉で幕府に憤懣《ふんまん》を抱いていた。

だから徳川の血を引く天皇の誕生を阻止したかったのだ。柳生一族は、笠置《かさぎ》山麓《さんろく》の地に住む、

——大和柳生

である。南北朝時代、後醍醐《ごだいご》天皇に味方した尊王の武門だった。しかも五味が尊敬してやまない保田は、大和、奈良県桜井市の出身である。

徳川幕府が隆盛し、朝廷を圧迫する中、大和柳生が天皇を守るために動いたという秘密をめぐる、剣豪や忍者が入り乱れての戦いが『柳生武芸帳』なのだ。

あるいは強大な徳川幕府に戦後のアメリカの影を、さらに幕府に圧迫される後水尾天皇に戦後の天皇制を読み取ることができるかもしれない。史実では幕府に反発した後水尾天皇は、

——譲位

を行う。わずか七歳の興子《おきこ》内親王に皇位を譲り、女帝である明正《めいしょう》天皇が誕生する。徳川の血を引く天皇ではあったが、女帝は生涯独身である。

徳川と血の繋《つな》がりのある者が代々、天皇になる道は閉ざされたのだ。

ところで天皇の「生前退位」問題で、「譲位は政治に利用されてきた歴史がある」などと言われるのは、後水尾天皇のことなのだろうか。だとすると、譲位とは、天皇の、

――意思表示
のことでもある。

よく知られているように、明治憲法と同時に制定された皇室典範に譲位の項目を入れなかったのは長州出身の伊藤博文である。

伊藤は天皇が上皇となって院政を行ったことで南北朝の皇統の分裂が引き起こされたことを理由にあげたが、実際には違うのではないか。幕末、長州藩は攘夷に向けて過激化し、八月十八日の政変で京を追われ、さらに〈禁門の変〉を起こして京の町を焼き、朝敵となった。薩摩藩と会津藩が手を組んで長州藩に対した政争に敗れたと説明されるが、過激化を嫌った孝明天皇の意向があったからだ。

譲位によって天皇の意思が示されることを恐れるのは徳川幕府も明治政府も同じだ

ったのかもしれない。

保田は弟子が書いた『柳生武芸帳』を読んで、こんな感想を述べた。

「私は心が騒いだ、この状態は昂奮《こうふん》したというものである。（中略）思想という借物の衣裳《いしょう》をつけるというような、弱々しい心持がなかったから、特異未聞の歴史の見方を発明し、おのずからに生まれたものであろうと思った」

まさに五味が示したのは「特異未聞の歴史の見方」だった。

義仲寺《ぎちゅうじ》

平成二十八年十月に九十九歳で亡くなられた作家、伊藤桂一さんの「お別れの会」に先日、出席させていただいた。

場所は滋賀県大津市の義仲寺である。名の通り、木曾義仲《きそよしなか》の墓がある寺なのだが、謂《いわ》れはそれにとどまらない。

――旅に病んで夢は枯野をかけ廻る
の句を遺《のこ》して大坂で逝《い》った松尾芭蕉《まつおばしょう》が、生前、「骸《から》は木曾塚に送るべし」と遺言していたのは有名な話だ。

亡くなった芭蕉の遺骸《いがい》は舟で夜のうちに伏見まで上り、翌日の昼過ぎ膳所《ぜぜ》の義仲寺へ着いた。葬儀が行われ、深夜になって境内に埋葬されたという。

なぜ芭蕉が義仲寺に埋葬されるのを望んだのかはよくわからない。芭蕉は木曾義仲に魅《ひ》かれたのだろうと思うしかない。

「お別れの会」が開かれた日はよく晴れていたが、肌寒い。しかし、それだけに凜とした心持ちになる日ではあった。

しんみりとした心温まる会が終わって境内をまわると、木曾義仲、芭蕉の墓だけでなく、保田與重郎の墓もあった。どの墓も自然石の美しさと生き方の美意識を漂わせているようだ。

ところで伊藤桂一さんの「お別れの会」に参加させていただくことになったのは、わたしが直木賞を受けたとき、授賞式で伊藤さんに声をかけていただいたからだ。

すでに九十歳を超えられていた伊藤さんは会場でステッキをつきながら、「わたしは四十六回に受賞したんです」と笑顔で言われた。

伊藤さんは昭和三十七年(一九六二)、四十四歳のとき、『螢《ほたる》の河』で直木賞を受賞されている。

わたしは第百四十六回の受賞で、伊藤さんとの間にちょうど、五十年、百回のへだたりがある。そのことを奇縁に感じていただいたのかもしれないが、声をかけられたのが不思議だった。

「お別れの会」があることを知ったのも、保田與重郎の身余堂を訪ねたときのことだった。そのときになって直木賞授賞式で声をかけられたことを思い出し、義仲寺を訪れて保田與重郎の墓にも参ることになった。

まことに縁であるとしか言いようがない。

義仲寺に向かうJR琵琶湖《びわこ》線の中で伊藤さんの『静かなノモンハン』（講談社文芸文庫）を読んだ。わたしは、戦争を体験した作家の作品にこめられた戦争や歴史への思いを引き継ぐことの困難さを痛切に感じて、戦後生まれの自分たちは結局、何もわかっていないのではないか、という思いにかられることが多い。

それはさておき、伊藤さんは本作でいわゆる〈ノモンハン事件〉、ソ連軍と日本軍の激闘とその悲惨さを、静謐《せいひつ》な筆で描いている。

そして驚いたことにというか、実は当然なのだが、この本の巻末には伊藤さんと司馬遼太郎さんの対談が載っている。

司馬さんが、ノモンハンを書きたいと思い、取材をされ、資料も集めながら、ついに書くことを断念されたのは有名な話だ。

私事を述べて申し訳ないが、わたしは先日、司馬さんの名前を冠した賞をいただくことが決まったばかりで、感激していたところだった。

そんな心の火照《ほて》りが冷めやらぬうちに、伊藤さんと司馬さんというともに戦時中、出征した作家の対談を読むことになったのだ。

小説とともに対談もまた拝読しつつ、先達作家の戦争への深い考えにふれ、身が引き締まる思いだった。

ともあれ、おふたりが書きのこし、伝えようとされたものをわたしだけでなく後輩作家は考えていかなければならないのだ、と思う。

文庫版の「あとがき」で伊藤さんは、

――「静かなノモンハン」をまとめながら、この戦いに加わった、多くの、死者生者の魂に、私は、とりかこまれ、励まされながら、執筆をつづけてきた、格別に切迫した経験がある。私をとりかこんでいる魂たちに、大丈夫です、あなた方に喜んでもらえるような作品に仕上げますから、と、いいつづけてきた記憶は、終生消えないであろう。

と書かれている。われわれも同じような気持で歴史と対峙《たいじ》し、書かなければいけない。

このエッセイの連載は、

――幕が下りる、その前に
とサブタイトルをつけた。

幕が下りる前にしなければならないことがある。

解説

澤田瞳子

二〇一八年の夏、私は京都の繁華街から少しだけ離れたマンションを訪ねていた。前年十二月に亡《な》くなられた葉室麟さんの仕事場をご遺族が整理なさるに際し、形見に本を頂戴《ちょうだい》することになったためだ。

本書『古都再見』にも登場する通り、東山を望むその部屋には、まさに本が山積みになっていた。その背表紙を読むだけで、葉室さんが何にご興味を持っていらしたのか、これから何を書こうとなさっていたかが分かり、視界がおのずと潤《うる》んだ。

私が葉室さんと初めて正式にお目にかかったのは、二〇一五年の晩春。担当の編集者から、「葉室さんがこの二月から、京都に仕事場を構えられたんです。同じ京都暮し同士で対談をしませんか」とお声がけいただいたのである。正直に言えばその時はさして話も弾まず、どこか堅苦しいままのお別れとなった。一年ほど経《た》ち、年の離れた友人として打ち解けてから分かったのだが、福岡生まれ福岡育ちの葉室さんは、当初、京都に対してずいぶん身構えていらっしゃったらしい。

「もしかしたら泣いて帰ることになるかもしれない、と思っていたんだけどねえ」

と、馴染《なじ》みとなったバーで楽しそうに笑われた。

京都に生まれ育った私からすると、なにを大げさな……と苦笑するばかりだが、それほど腹をくってまで葉室さんが京都にお越しになった理由は、本書を一読すればすぐに分かる。なぜならこの随筆集の底流には、「見られる限りは見てやろう」という静かながらも激しい葉室さんの欲求がはっきりと存在しているからだ。

本作は「週刊新潮」に連載された当時、「幕が下りる、その前に」との副題が付いていた。これは本書冒頭の「薪能《たきぎのう》」の末尾、「人生の幕が下りる。近頃、そんなことをよく思う。（中略）幕が下りるその前に見ておくべきものは、やはり見たいのだ」との箇所にちなんでいる。ただ注意すべきことに葉室さんは、本作で人間を等しく襲う老いや死の影を直視しながらも、それを従容《しょうよう》と受け入れているわけではない。むしろ限りある命だからこそ懸命に生きねばとばかり、自らの目で隈《くま》なく京都を「見てやろう」とする姿には、雄々しさすら漂っている。

そのため京都とその歴史を語りながらも、いわゆる「京都本」めいた長閑《のどか》さは本書には乏しい。もちろん有名社寺も登場しはするが、そこで語られるのはありがちな蘊《うん》蓄《ちく》ではなく、日々の懊悩《おうのう》に煩悶《はんもん》しながら生きた歴史上の人々の姿。そしてそれを眺め、切り取る筆者自身もまた、すべてを超越した観察者ではなく、限りある生の中でもがく生身の人間として登場する。

それが証拠に京都の町を闊歩《かっぽ》する葉室さんの姿は時に、およそ還暦を過ぎた歴史小説家とは思えぬほど人間臭い。ガイドブックに導かれて入ったバーではつっけんどんな店主に面食らい、茶会の最中にはこみ上げてきた咳《せき》に当惑する。これまで多くの作家が京都を訪れ、様々な随想に記してきたが、かように飾らぬ姿をさらけ出した者はいなかったのではないか。

そしてもう一点注目すべきことに、葉室さんは本書の中でご自身の来し方をしばしば顧みていらっしゃる。三条木屋町《きやまち》の「長浜ラーメン」の暖簾《のれん》に若き頃に接した東京大学教授の思い出を、三十三間堂に初めて京都を訪れた学生時代を重ね合わせる。その一方で司馬《しば》遼太郎《りょうたろう》、伊藤桂一、保田《やすだ》與重郎《よじゅうろう》といった先達たちの事績を追い、自らのこれからの仕事に思いを馳《は》せる。その姿はまるで京都の町で、二度目の人生を歩み出そうとしているかのようだ。

葉室さんは本作の連載を終えたちょうど一年後、突然の病でこの世を去った。それだけに読者の中には、『古都再見』に漂う老いと死の影を迫りくる病を悟ってのものと読み取られる向きもあるかもしれない。だが私は後輩兼年下の友人として、それは違うと声を大にして抗《あらが》いたい。

なぜなら私が初めてお目にかかったその日から、葉室さんは自らの命数を冷徹に数え、限りある命の中で何を果せるかを常に考え続けていらした。それは一瞬だけ光る稲妻の激しく眩《まばゆ》いさまに似て、終わりがあるがゆえの鋭い思索。そのゆえに導かれたのが、「幕が下りる、その前に」という渇仰や人間・葉室麟の飾らぬ歩みだとすれば、実に本書は過去から現在まで変わらぬ此岸《しがん》の苦悩を通じ、だからこそ懸命に生きざるをえない此岸の美しさを描いた人間讃歌《さんか》といえるだろう。

とはいえ葉室さんのそんな思索は、決して京都のみに向けられたものではない。たとえば「熊本地震と吉田松陰」の章にある通り、葉室さんは二〇一六年四月の熊本地震の際には、発生からわずか二週間後にもっとも揺れの激しかった熊本県益城町《ましきまち》に入っている。これは当時、朝日新聞で連載中だったエッセイ「曙光を旅する」の取材を兼ねていたが、私が話を聞いた朝日新聞の記者は、余震最中の取材に際してヘルメットをかぶるその姿に、地方紙記者であった昔の葉室さんの姿を想像したという。

葉室さんが若い頃地方紙記者として活躍していた事実は有名だが、人気作家となった後も、葉室さんはずっとこの国の矛盾に思い悩み、人間は如何《いか》に生きるべきかを模索し続けていた。その姿勢は本書においては、六月二十三日の「慰霊の日」を取材したことに触れた「沖縄の〈京都の塔〉」、正義のヒーロー・鞍馬天狗《くらまてんぐ》の有為転変を記した「鞍馬天狗」からもくみ取れる。

実際、私が幾度となくご一緒した酒席でも、葉室さんは呑《の》めば呑むほど、酔えば酔うほど人間や社会の問題についての議論を好まれた。その一方で小説はもちろん、映画もマンガも大好きでいらっしゃり、周囲が驚くほどマニアックな作品にまで目を通していらした。

「この間、〇〇って映画を見たんだ。いや、時間が出来たからふらりと入った映画館で、まあ見るとしたらこれかな、というぐらいの気持ちで選んだんだけど、よかったよ。澤田さんも見ておくといいよ」

念のため追記すれば、その時勧められた作品はコメディに属するもので、歴史とも社会問題とも直接関わるものではない。楽しそうにその映画の見所を語るお姿に私はいつも、小説・エッセイ合わせて常に月十本近い連載を抱え、複数の文学賞の選考委員まで引き受けながら、なぜこれほど広い関心を持ち続けられるのだろうと不思議に思っていた。

だから本書の「檸檬《レモン》」の章を初めて読んだ時、私は思わず「これか！」と声を上げずにはいられなかった。そこには若き頃の梶井基次郎《かじいもとじろう》の煩悶と名作『檸檬』について、こう記されていたからだ。

——青春時代の煩悶と還暦を過ぎて老年期にさしかかっての懊悩は、先の見えない真っ暗な闇《やみ》の道を歩む感覚が似ている。年齢を重ねたからといって、穏やかな安定のうちにいるわけではない。爆弾に見立てたレモンをどこかに置きたい衝動は、却《かえ》って激しく、切なるものがある。その根っこにあるのは、時間を限られた人生への憤《いきどお》りかもしれない。

ああ、そうだ。葉室さんはきっといつの日も、一人の「青年」でいらしたのだ。未知の事柄に徒手空拳の生身で立ち向かい、悩み苦しみながらも、自分の為《な》すべきことを果そうと足掻《あが》く。葉室さんはこの京都で二度目の青春を過ごしながら、常に無垢《むく》かつ貪欲《どんよく》に人間の真実を希求していらしたのだ。

実は私には葉室さんにもご遺族にも、お話しせぬままの秘密がある。それは葉室さんが京都に仕事場を構えて日が浅く、二条城近くのウィークリーマンションにお暮しだった二〇一五年早春の午後。私はマウンテンバイクに乗って、散歩中の葉室さんの横を走り抜けているのだ。

冒頭で触れた対談の打診はまだこちらに届いておらず、当時、私は大先輩である葉室麟さんが京都に仕事場を構えたと小耳にはさみ、「どこかでばったりお目にかかったらどうしよう」と戦々恐々としていた。かつて互いが同時期に江戸時代の絵師・伊藤若冲《じゃくちゅう》を主人公とした小説を書こうと計画し、それを知った葉室さんからテーマを譲っていただいた負い目もあり、そうなったらどう御礼を言おうかと悩んでもいた。

加えて、知り合いのいないはずの京都の街角で、いきなりヘルメットにメガネ姿の後輩作家から声をかけられれば、この方はどれだけ驚かれるだろう。そう思うと声をかけるのがためらわれ、私は少しスピードを落としただけでその場を走り去った。

ただその時、帽子をまっすぐにかぶり、肩にカバンをひっかけた葉室さんの姿は、想像以上に潑剌《はつらつ》としていらした。京都に仕事場を構えた小説家という堅苦しさはどこにもなく、春風に吹かれているかの如《ごと》き爽《さわ》やかさがあった。

葉室さんが亡くなられてからというもの、私は時折、あの時のお姿を思い出す。広い道の果てに目を向け、どこか楽しそうに往来を急いでいた後ろ姿を。

もしかしたら、京都で二度目の青春を送った葉室さんは、この地での模索を終え、また新たな煩悶の場を求めて、どこかに旅立たれただけなのではないか。そう思うとこの『古都再見』が葉室さんの残して行かれた置手紙のようで、私はその足跡をたどる思いで、ページを繰るのである。

（令和二年一月、作家）

この作品は平成二十九年六月新潮社より刊行された。
初出　週刊新潮２０１５年8月13・20日号〜２０１６年12月22日号

新潮文庫最新刊

末盛千枝子著
根っこと翼
―美智子さまという存在の輝き―
悲しみに寄り添う「根っこ」と希望へと飛翔する「翼」を世界中に届けた美智子さま。二十年来の親友が綴るその素顔と珠玉の思い出。

國分功一郎著
暇と退屈の倫理学
紀伊國屋じんぶん大賞受賞
暇とは何か。人間はなぜ退屈するのか。スピノザ、ハイデッガー、ニーチェら先人たちの教えを読み解きどう生きるべきかを思索する。

藤原正彦著
管見妄語
失われた美風
小学校英語は愚の骨頂。今必要なのは、読書によって培われる、惻隠の情、卑怯を憎む心、正義感、勇気、つまり日本人の美徳である。

新潮文庫編
文豪ナビ　藤沢周平
『橋ものがたり』『たそがれ清兵衛』『用心棒日月抄』『蟬しぐれ』――人情の機微を深く優しく包み込んだ藤沢作品の魅力を完全ガイド！

J・グリシャム
白石　朗訳
冤罪法廷（上・下）
無実の死刑囚に残された時間はあとわずか――。実在する冤罪死刑囚救済専門の法律事務所を題材に巨匠が新境地に挑む法廷ドラマ。

横山秀夫著
ノースライト
誰にも住まれることなく放棄されたY邸。設計を担った青瀬は憑かれたようにその謎を追う。横山作品史上、最も美しいミステリ。

葉室麟著　橘花抄
己の信じる道に殉ずる男、光を失いながらも一途に生きる女。お家騒動に翻弄されながら守り抜いたものは。清新清冽な本格時代小説。

葉室麟著　春風伝
激動の幕末を疾風のように駆け抜けた高杉晋作。日本の未来を見据え、内外の敵を圧倒した男の短くも激しい生涯を描く歴史長編。

葉室麟著　鬼神の如く
—黒田叛臣伝—
司馬遼太郎賞受賞
「わが主君に謀反の疑いあり」。黒田藩家老・栗山大膳は、藩主の忠之を訴え出た——。まことの忠義と武士の一徹を描く本格歴史長編。

三島由紀夫著　金閣寺
読売文学賞受賞
どもりの悩み、身も心も奪われた金閣の美しさ——昭和25年の金閣寺焼失に材をとり、放火犯である若い学僧の破滅に至る過程を抉る。

三島由紀夫著　近代能楽集
早くから謡曲に親しんできた著者が、古典文学の永遠の主題を、能楽の自由な空間と時間の中に〝近代能〞として作品化した名編8品。

梶井基次郎著　檸檬（れもん）
昭和文学史上の奇蹟として高い声価を得ている梶井基次郎の著作から、特異な感覚と内面凝視で青春の不安や焦燥を浄化する20編収録。

松本清張著
張込み
傑作短編集(五)
平凡な主婦の秘められた過去を、殺人犯を張込み中の刑事の眼でとらえて、推理小説界に新風を吹きこんだ表題作など8編を収める。

川端康成著
古都
捨子という出生の秘密に悩む京の商家の一人娘千重子は、北山杉の村で瓜二つの苗子を知る。ふたご姉妹のゆらめく愛のさざ波を描く。

夏目漱石著
草枕
智に働けば角が立つ――思索にかられつつ山路を登りつめた青年画家の前に現われる謎の美女。絢爛たる文章で綴る漱石初期の名作。

小林秀雄著
本居宣長
日本文学大賞受賞(上・下)
古典作者との対話を通して宣長が究めた人生の意味、人間の道。「本居宣長補記」を併録する著者畢生の大業、待望の文庫版！

遠藤周作著
沈黙
谷崎潤一郎賞受賞
殉教を遂げるキリシタン信徒と棄教を迫られるポルトガル司祭。神の存在、背教の心理、東洋と西洋の思想的断絶等を追求した問題作。

吉川英治著
宮本武蔵(一)
関ケ原の落人となり、故郷でも身を追われ、憎しみに荒ぶる野獣、武蔵。彼はいかに求道し剣豪となり得たのか。若さ滾る、第一幕！

司馬遼太郎著
燃えよ剣（上・下）
組織作りの異才によって、新選組を最強の集団へ作りあげてゆく〝バラガキのトシ〟――剣に生き剣に死んだ新選組副長土方歳三の生涯。

司馬遼太郎著
人斬り以蔵
幕末の混乱の中で、劣等感から命ぜられるままに人を斬る男の激情と苦悩を描く表題作ほか変革期に生きた人間像に焦点をあてた7編。

司馬遼太郎著
花神（上・中・下）
周防の村医から一転して官軍総司令官となり、維新の渦中で非業の死をとげた、日本近代兵制の創始者大村益次郎の波瀾の生涯を描く。

司馬遼太郎著
峠（上・中・下）
幕末の激動期に、封建制の崩壊を見通しながら、武士道に生きるため、越後長岡藩をひいて官軍と戦った河井継之助の壮烈な生涯。

司馬遼太郎著
馬上少年過ぐ
戦国の争乱期に遅れた伊達政宗の生涯を描く表題作。坂本竜馬ひきいる海援隊員の、英国水兵殺害に材をとる「慶応長崎事件」など7編。

司馬遼太郎著
歴史と視点
歴史小説に新時代を画した司馬文学の発想の源泉と積年のテーマ、〝権力とは〟〝日本人とは〟に迫る、独自な発想と自在な思索の軌跡。

藤沢周平著
竹光始末
糊口をしのぐために刀を売り、竹光を腰に仕官の条件である上意討へと向う豪気な男。表題作の他、武士の宿命を描いた傑作小説5編。

藤沢周平著
時雨のあと
兄の立ち直りを心の支えに苦界に身を沈める妹みゆき。表題作の他、江戸の市井に咲く小哀話を、繊麗に人情味豊かに描く傑作短編集。

藤沢周平著
冤（えんざい）罪
勘定方相良彦兵衛は、藩金横領の罪で詰め腹を切らされ、その日から娘の明乃も失踪した……。表題作はじめ、士道小説9編を収録。

藤沢周平著
橋ものがたり
様々な人間が日毎行き交う江戸の橋を舞台に演じられる、出会いと別れ。男女の喜怒哀楽の表情を瑞々しい筆致に描く傑作時代小説。

藤沢周平著
神隠し
失踪した内儀が、三日後不意に戻った、一層凄艶さを増して……。女の魔性を描いた表題作をはじめ江戸庶民の哀歓を映す珠玉短編集。

藤沢周平著
用心棒日月抄
故あって人を斬り脱藩、刺客に追われながらの用心棒稼業。が、巷間を騒がす赤穂浪人の動きが又八郎の請負う仕事にも深い影を……。

山本周五郎著
樅ノ木は残った
毎日出版文化賞受賞（上・中・下）
仙台藩主・伊達綱宗の逼塞。藩士四名の暗殺と幕府の罠――。伊達騒動で暗躍した原田甲斐の人間味溢れる肖像を描き出した歴史長編。

山本周五郎著
日本婦道記
厳しい武家の定めの中で、愛する人のために生き抜いた女性たちの清々しいまでの強靭さと、凛然たる美しさや哀しさが溢れる31編。

山本周五郎著
ながい坂（上・下）
人生は、長い坂。重い荷を背負い、一歩一歩、確かめながら上るのみ――。一人の男の孤独で厳しい半生を描く、周五郎文学の到達点。

山本周五郎著
栄花物語
非難と悪罵を浴びながら、頑ななまでに意志を貫いて政治改革に取り組んだ老中田沼意次父子を、時代の先覚者として描いた歴史長編。

山本周五郎著
赤ひげ診療譚
貧しい者への深き愛情から〝赤ひげ〟と慕われる、小石川養生所の新出去定。見習医師との魂のふれあいを描く医療小説の最高傑作。

山本周五郎著
五瓣の椿
連続する不審死。胸には銀の釵が打ち込まれ、傍らには赤い椿の花びら。おしのの復讐は完遂するのか。ミステリー仕立ての傑作長編。

池波正太郎著
真田太平記（一〜十二）
天下分け目の決戦を、父・弟と兄とが豊臣方と徳川方とに別れて戦った信州・真田家の波瀾にとんだ歴史をたどる大河小説。全12巻。

池波正太郎著
忍者丹波大介
関ケ原の合戦で徳川方が勝利し時代の波の中で失われていく忍者の世界の信義……一匹狼となり暗躍する丹波大介の凄絶な死闘を描く。

池波正太郎著
闇の狩人（上・下）
記憶喪失の若侍が、仕掛人となって江戸の闇夜に暗躍する。魑魅魍魎とび交う江戸暗黒街に名もない人々の生きざまを描く時代長編。

池波正太郎著
雲霧仁左衛門（前・後）
神出鬼没、変幻自在の怪盗・雲霧。政争渦巻く八代将軍・吉宗の時代、狙いをつけた金蔵をめざして、西へ東へ盗賊一味の影が走る。

池波正太郎著
忍びの旗
亡父の敵とは知らず、その娘を愛した甲賀忍者・上田源五郎。人間の熱い血と忍びの苛酷な使命とを溶け合わせた男の流転の生涯。

池波正太郎著
剣客商売① 剣客商売
白髪頭の粋な小男・秋山小兵衛と巌のように逞しい息子・大治郎の名コンビが、剣に命を賭けて江戸の悪事を斬る。シリーズ第一作。

吉村昭著
ニコライ遭難
〝ロシア皇太子、襲わる〟——近代国家への道を歩む明治日本を震撼させた未曾有の国難・大津事件に揺れる世相を活写する歴史長編。

吉村昭著
冬の鷹
「解体新書」をめぐって、世間の名声を博す杉田玄白とは対照的に、終始地道な訳業に専心、孤高の晩年を貫いた前野良沢の姿を描く。

吉村昭著
大黒屋光太夫（上・下）
鎖国日本からロシア北辺の地に漂着し、帝都ペテルブルグまで漂泊した光太夫の不屈の生涯。新史料も駆使した漂流記小説の金字塔。

吉村昭著
天狗争乱
大佛次郎賞受賞
幕末日本を震撼させた「天狗党の乱」。水戸尊攘派の挙兵から中山道中の行軍、そして越前での非情な末路までを克明に描いた雄編。

吉村昭著
長英逃亡（上・下）
幕府の鎖国政策を批判して終身禁固となった当代一の蘭学者・高野長英は獄舎に放火させて脱獄。六年半にわたって全国を逃げのびる。

吉村昭著
桜田門外ノ変（上・下）
幕政改革から倒幕へ——。尊王攘夷運動の一大転機となった井伊大老暗殺事件を、水戸薩摩両藩十八人の襲撃者の側から描く歴史大作。

西條奈加著
善人長屋
差配も店子も情に厚いと評判の長屋。実は裏稼業を持つ悪党ばかりが住んでいる。そこへ善人ひとりが飛び込んで……。本格時代小説。

西條奈加著
閻魔の世直し
―善人長屋―
天誅を気取り、裏社会の頭衆を血祭りに上げる「閻魔組」。善人長屋の面々は裏稼業の技を尽し、その正体を暴けるか。本格時代小説。

西條奈加著
上野池之端
鱗や繁盛記
「鱗や」は料理茶屋とは名ばかりの三流店。名店と呼ばれた昔を取り戻すため、お末の奮闘が始まる。美味絶佳の人情時代小説。

和田竜著
忍びの国
時は戦国。伊賀攻略を狙う織田信雄軍。迎え撃つ伊賀忍び団。知略と武力の激突。圧倒的スリルと迫力の歴史エンターテインメント。

和田竜著
村上海賊の娘（一～四）
本屋大賞・親鸞賞・吉川英治文学新人賞受賞
信長vs.本願寺、睨み合いが続く難波海に敢然と向かう娘がいた。壮絶な陸海の戦いが幕を開ける。木津川合戦の史実に基づく歴史巨編。

霧島兵庫著
甲州赤鬼伝
家康を怖れさせ、「戦国最強」の名を歴史に刻んだ武田の赤備え軍団。乱世に強い光芒を放った伝説の「鬼」たちの命燃える傑作。

古《こ》都《と》再《さい》見《けん》

新潮文庫　は－57－11

令和二年三月一日発行
令和三年十二月二十五日五刷
著者　葉《は》室《むろ》麟《りん》
発行者　佐藤隆信
発行所　株式会社　新潮社
郵便番号　一六二－八七一一
東京都新宿区矢来町七一
電話　編集部(〇三)三二六六－五四四〇
　　　読者係(〇三)三二六六－五一一一
https://www.shinchosha.co.jp
価格はカバーに表示してあります。
乱丁・落丁本は、ご面倒ですが小社読者係宛ご送付ください。送料小社負担にてお取替えいたします。

印刷・大日本印刷株式会社　製本・加藤製本株式会社

ISBN978-4-10-127374-7　C0195